DTOPIA

JOSE ANDO

デートピア

安堂ホセ

河出書房新社

DTOPIA《デートピア》

どっかの金持ちが美男美女を招集して、南の島で恋愛ゲームを開催する。『DTOPIA《デートピア》』2024シリーズの舞台はタヒチって呼ばれがちだけど、正確にはフランス領ポリネシアのボラ・ボラ島。タヒチ島のちょっと上、タヒチよりもっと小さくて、六百万年前、死火山が沈んでできた島でもある。

ボラ・ボラはもともと、複数のリゾート企業によって整備された典型的なバカンス島だった。真ん中にある本島はボラ・ボラの総面積のうち70パーセントを占めるぐらいにでかいけど、火山のてっぺんが海面からとび出ているようなものだから、大部分は緑に覆《おお》われた山で、そこまでのリゾート開発はされていない。麓《ふもと》によくあるベイエリアと、あとは現地の人が住んでるくらい。

多くの高級リゾートグループが目をつけたのは、むしろ本島を取り囲んでいる環礁《かんしょう》、つまり珊瑚《さんご》でできた陸地のほうだった。人気の理由はたぶん、小さくて、平たくて、改造しやすいから。きれぎれに輪をえがく小さな陸の連なりは、あらかじめ土地が切り分けられているようなものだから、リゾート施設にとってはそれぞれの陣地がはっきり区別しやすく、ホテル同士の干渉や、客の流動を心配する必要もない。一方で、そう深くない水面下で地面が繋《つな》がっていることもあって、交通網もそれなりに充実している。客が立ち入らない区域では毎日のように、リネンや食料を運ぶトラックが橋を使って海を渡っている。

だから環礁は、ひとつひとつの陸地が島というほどはっきりと独立している訳ではないのに、そこにいると誰もが、自分はすごく小さな島にいるんだと錯覚してしまう。この錯覚もリゾートの肝だった。世界中からやって来る人々はみんな人間が嫌で、自然を独り占めするために島を訪れる。そしてそこを、まるで自分のための孤島かのように錯覚する。「いま自分が立っている、半径一キロぐらいの場所が、ボラ・ボラなんだ」って。海のむこうにみえる隣の島みたいなのが実は本島で、自分たちがいる場所のほうがむしろ周辺部分だなんて、まるで忘れきってしまう。ここではいろんなものが錯覚を起こしあって、客のバカンス気分を盛り上げてくれる。

デートピアが拠点にしたのは、2006年からセントヴェガス・グループが管理するエリアだった。土地はなだらかで、ほとんど砂浜と椰子《やし》の林だけで完結している。プール付きのレストランとバー、宿泊用の水上ヴィラを建設すると、おおよそ客がバカンスに求めるものだけで島の全てを構成できてしまった。あとは一箇所だけ穴を掘って、海から水をひいてラグーンを捏造《ねつぞう》したぐらい。２０２４年、デートピアはそこへさらにセットを増設した。いちばんのメインセットは中心部にある「アパート」のハリボテだった。

まんま00年代のアメリカ産ラブコメみたいな、レンガ造りのガーデン・アパートメント。エントランスの扉は丸いアーチを持った両開きで、その下にはたった三段くらいの短い階段が構えられていた。壁面には窓がいっぱい並んでいるけど、全部フェイクだ。アパートに住むことになるのは、ヒロイン一人だけだから。

柵《さく》に仕切られた植え込みスペースに立ち並んでいるのは、植物ではなくて人間の男たちだった。センターの扉と階段に隔てられて、右サイドに五人、左サイドにも五人、十人の男が立ち並んでいる馬鹿みたいな光景から、デートピア２０２４、通称タヒチ編は始まった。上半身は黒いタキシードジャケット、下半身は黒いスポーツスパッツを身に着けた男たちは、それぞれ胸元に国旗のバッジを刺していた。左から通称で、Mr.L.A.、Mr.ロンドン、Mr.パリ、Mr.ミラノ、そしておまえ。Mr.東京こと、井矢汽水《いやきすい》。右サイドにMr.マドリード、Mr.シドニー、Mr.トロント、Mr.ドバイ、Mr.リオデジャネイロ。彼ら十人が、やがて登場する一人の女、ミスユニバースをめぐって競いあう。

こうして並んでみると、おまえの顔はどうしても、他の男たちとは違った。一重《ひとえ》の瞼《まぶた》に、エラのはった顎《あご》。典型的すぎるぐらいに日本人らしい顔。まるでスタッフの外人が片手間に「日本人ってこんなもんでしょ」って想像したような顔に、視聴者の一部からは揶揄《やゆ》が飛ばされた。「アジア人が弱体化《デバフ》させられてる」「多様性という名の公開処刑」「デートピアは十九世紀の人間動物園をリバイバルした」って。確かに、おまえは日本にいるときから別に超絶なイケメンって扱いじゃなかったし、オーディションにはもっと白人基準のイケメンも参加していたはずなのに、こうしておまえが選ばれたのは、本国スタッフの作為だとみられても仕方ない。これだけ顔面が統制された世界で、なんで日本人のキャストだけは「より日本人っぽい顔」っていう基準で選ばれるのか。

　でもだからこそ、おまえの顔は正体不明のオーラを放ちはじめる。一人の男が、ある条件で生まれてきたなりのやりようみたいなものが、視聴者たちの目に映りはじめる。実際にそんな力があるというより、それこそ錯覚が起きているのかもしれない。「この見た目でここに並んでるなら、何かがあるはず」「むしろ一番興味を惹《ひ》かれるかも」「っていうかよく見るとちゃんとイケメンだよね？」って。

　賞金は二〇万ドル。あたえられたプレイ時間は毎日四時間。現地時刻14時、島の気温が最高に達する頃ミスユニバースは「アパート」からビーチへやってきて、好きな相手とデートができる。日没の18時には帰らなければいけない。これをやりながら男をランク付けしていって、最終的に優勝者を決める。今までのシリーズに比べるとあからさまなほどシンプルなルールは開始直後、彼女の行動によって崩壊した。

ミスユニバースは、そのときのことを語る。日本語字幕が、ハスキーな英語を翻訳する。『選択肢が多すぎる』『私は一人しかいない』。彼女は彼女自身にアテレコするように、そのときのことを別室で語る。困惑を表現するために、スカルプネイルした指をめいっぱい反らせて、顔を傷つけないように口元を覆った。

青空の下、アパートから延びるレッドカーペットに立って、ミスユニバースはドレスを脱いだ。彼女の下半身がアップになる。ラインストーンを連ねたような細いビキニが丸くて白い尻に食い込み、尻の谷間の奥の奥、まだそこに空間があったんだって笑うぐらい狭いところでキラキラ輝きながら局部を覆っていた。

突然現れた裸体に、十人の男たちは目を丸くする。笑みを噛《か》み殺し、肩をつつきあう。

『私は時間を無駄にしたくない』『だから一回で試す』ミスユニバースは声をかける。その様子に、動揺や恥じらいは全くない。

『何を？』Mr.ミラノが質問を飛ばす。

『ファック』

そうしてルールが崩壊した、というより、こういうルールの崩壊こそが、２０２４年シリーズの狙いのようだった。視聴者はもうみんな、ルールでガチガチのリアリティショーに飽き飽きしていた。デートピアにはセックス禁止とか、カップル同士がスワップしてどうのといったルールもない。ミスユニバースはビキニ姿のまま、ビーチへ歩き出した。ついさっき脱いだドレスが足に引っ掛かり、それを払おうとするとサンダルも脱げた。彼女は十人の男たちを引き連れて、砂浜を進んでいく。番組が貸し切っているから、他の客はいない。やがて無人のパラソルが並んだ先にある、天蓋《てんがい》のかけられた巨大な円形ベッドに到着する。その時点で男たちはみんな、目の前のトロフィー女が実はもう主役になっていて、周りを取り囲んでいる自分たちこそ脇役になっているなんて知りもしない。デートピア２０２４はエピソード１から「ブロンド美女の女王国《クイーンダム》が観たい」という２０２０年代前半の主流ニーズを完全にキャッチした。

男たちが、そのときのことを語る。『男だらけだと思ったら』『一気に楽園だ』『まるでジェットコースター』『こんなデート番組は他にない』。彼らが有頂天になればなるほど、いずれ消耗品として捨てられていく未来を、私たち視聴者は期待する。

ビーチでは、性器をぼかされた女と男たちが、ベッドの上でそれぞれに頑張っていた。形の揃《そろ》った木の枝を十一本、適当に束ねてからもう一度ぶちまけたみたいに、全員の体がぎこちなくピンと伸びたまま、シャッフルされていく。ベッドの中心では、すでに本格的なセックスがはじまっているようだった。そのときのおまえの様子は、つくづく退屈そのものだった。

ミスユニバースもまた、そのときのことを語る。『あるとき気付いたわ』『誰かがずっと』『枕を動かしてるって』『寝返りを打っても』『仰向《あおむ》けになっても』『枕が私を迎えにくる』『振り返ったら』『Mr.東京がいた』『彼だったの』彼女は口を大きく開けて笑うと、今度はカメラに向かって問いかける。『Mr.東京！』『あれは一体』『どういう意図なの？』。まるで視線の先におまえがいて、どこか別の次元から呼びかけるみたいな演出が、ごくあたりまえに挿入されていく。

17時頃には日が傾いて、空がピンク色に染まる。ミスユニバースと十人の男たちはベッドの上に寝そべりながら夕日を眺めた。十一人分の肌の塊を、陽射《ひざ》しがピンクに染めていく。やがて太陽は雲に遮《さえぎ》られ、どぎつい赤色に輝いた。海の向こうに沈んでいく直前まで、陽射しは猛威を振るう。この陽射しの強さも、デートピアのプレイ時間を四時間に限定している要因だった。

『外ではこれを』『着けたほうがいい』『船に乗るときは特に』いつのまにかベッドのそばにいる召使い役の男はそう告げて、自分のサングラスを摑《つか》んでみせた。麦わら帽子を被《かぶ》った、麻のパンツに白いシャツの、細身の男だった。召使いの名前はマルセル。ポリネシア系フランス人で、もとからセントヴェガスの職員としてここにいた。画面に登場してこない多くの従業員と同じように、デートピアの開催期間もキャストや撮影クルーのためにホテルで働いていた。

『明日はクルーズだ』『僕が島を案内するよ』

シャンパンでの簡単な乾杯のあと、マルセルの日傘に守られながら、ミスユニバースはアパートへ帰っていった。

男たちはそれぞれの部屋に案内された。島の端っこ、Y字に延びた桟橋《さんばし》に並ぶ、木造のヴィラに到着する。

客室用のヴィラは一軒家並みの広さがあって、共有リビングの左右に、それぞれワンルームがある設計だった。寝室、トイレ、浴室の付いた鍵のかかる部屋が、挑戦者一人ずつに用意されていた。すごいのは共有リビングの床がガラスでできていることで、青い海面が綺麗《きれい》に透けていた。

『これはなんて名前?』Mr.東京ことおまえは、同室になったMr.パリへ無邪気に問いかけた。

『さあ』なんで俺に聞くんだよって感じで、Mr.パリは首を傾《かし》げる。

『名前があるだろ?』『インフィニティリビングとか』『クリスタルフロアみたいなさ』

『考えたことない』『床は床じゃないのか』とMr.パリは冷淡に答えて、自分の部屋に入っていった。

ゴン、と扉が閉められると、おまえは誰もいない空間に向かって、あっそ、みたいな顔芸をした。Mr.パリの言う通り、こういう意匠にいちいち名前を付けてありがたがるのは日本やシンガポールのランドマークホテルぐらいなのか、透明の床は特に名前なんてないようだった。

男たちはそれぞれの浴室でシャワーを浴びる。どの肌も、すでに熱した鉄みたいな赤みを帯びていた。Mr. L.A.はシャワーを浴びた瞬間にグッと呻《うめ》いて、殴りかかるのを我慢するみたいに拳を震わせた。Mr.ドバイは濡《ぬ》れたフェイスタオルを火照《ほて》った背中に貼りつけてその上からシャワーを水圧ギリギリまで弱めて浴びるという謎の工夫を試みた。実はこれだけ激しい日焼けは危険サインで、気にかけるべきは肌よりも眼球だったのだけど、彼らの瞳が異変を起こすのはもっと後になってからだった。

『上位はほぼ絞れてる』

ミスユニバースは昼間のことを語りながら、テーブルの上の黒板に手を伸ばす。彼女が泊まる部屋は男たちのヴィラとは別で、普通のホテルのスイートルームのような空間だった。大きな黒板はランキング分けの線が引かれていて、各国の国旗がプリントされたマグネットが置かれていた。

あらかじめ番組側が仮置きした順番は、オープニングの立ち位置そのままで、1位Mr. L.A.、2位Mr.ロンドン、3位Mr.パリ、4位Mr.ミラノ、5位Mr.東京、6位Mr.マドリード、7位Mr.シドニー、8位Mr.トロント、9位Mr.ドバイ、10位Mr.リオデジャネイロ。

『デートピアに参加した理由は』『色々あるけど』『一番は元カレと』『婚約破棄したこと』『どっちのせいでもない』『だからどこかで』『元カレを基準にしてる』『明らかに超えたのは三人』『Mr.トロントとミラノ』『そしてMr.ロンドン』。ミスユニバースは1位から3位を入れ替える。『ヤってるとき』『あまりに人数が多すぎて』『途中から勝ち残り式になった』『一人ずつ比べたけど』『上位二人は選べなかった』『トロントとミラノ』『彼らって双子みたい』『Mr.ロンドンは』『意外なぐらい腰が強くて』『一発一発が最高に重い』『元カレの代わりは』『十分に務まりそう』『Mr.L.A.は』『勝ち残り式を提案した本人で』『すごい勢いがあって』『私を求めてくるけど』『なんとなく』『競争に興奮してる気がする』『それに力強すぎ』『皮膚が削れるかと思った』『憎しみすら感じたよ』『自分を最後にして』『私にギブアップを』『させるつもりだったのかも』『言えば改善しそう』『そんな彼を打ち破ったのが』『Mr.マドリード』『こっちの方がいいって』『最初は思ったけど』『あの下手くそな指は』『一生上達しない』『Mr.パリも面白かった』『アレはフニャっとしてるし』『そんなにタフさもないけど』『独特のクセがある』『他の男性達より』『センスもあるけど』『センス良すぎて』『逆に万能じゃないんだよね』『今日の私が良くても』『明日の私がどう思うか』『明日の私が良くても』『元カレはどう思うか』ミスユニバースは情けなさそうに笑った。上位チームが固まったとき、ミスユニバースの手には日本の国旗が握られていた。『Mr.東京は…』『彼は可愛いけど』『過剰なサービス精神に』『病的なものを感じた』。決定した初日の順位は1位Mr.トロント、2位Mr.ミラノ、3位Mr.ロンドン、4位Mr.L.A.、5位Mr.マドリード、6位Mr.パリ、7位Mr.東京。『あとは触らないでおくわ』『これ以上嫌われたくない』ミスユニバースは両手をお手上げの形にして、下位三つのマグネットには触れなかった。
1エピソードにつき四十分くらいはあるはずなのに、何で水増しされているのか、初日の夜までを追っただけで、エピソード1があっけなく終わってしまった。
Date 1　ポリアモリー・ユートピア？
Date 2　マルセルのタヒチツアー
Date 3　デッキの上で考えていた
Date 4　ルール違反は誰のせい？
Date 5　あんたはここに呼ばれていない
Date 6　〝ギャル・クルーズ〟が到来する
Date 7　神の恵み
Date 8　デイ・オブ・プレジャー
Date 9　別れ
Date 10　ミスユニバースの最後の決断
デートと日付《デート》をかけた「Date」という章立ての通り、全10エピソードのうちほとんどが一日のことだけを映して終わる。あえて本編は物足りないぐらいに作っておくことで、その背後に用意された膨大な時間軸《トラック》へ動員することが目的のようだった。デートピア2

０２４は、従来のリアリティ番組と同じようにオンデマンド配信される本編に加えて、シリーズで初めて「追跡《トラッキング》システム」を導入した。

撮影で使用されたカメラの数は四十台近くある。メインはカメラマンたちが操作するALEXAなどの高級カメラで、それ以外にもGoProのような小型カメラが、木やパラソルに設置され、あげくはレモンシャークやエイたちにまで括《くく》りつけられた。空中にはいつも、ドローンが回遊していた。忘れがちだけど、いわゆる番組の形式で観ることができるのは、それらを寄せ集めた総集編ということになる。でも、十一人も人間がいたら、いる場所もやってることもバラバラだし、同時多発的にいろんなことが起きている。デートピアは特設サイトにアップロードされた膨大なデータを使って、それらを並行して見比べることのできるシステムを導入した。

サブスクで入ることのできるウェブサービス『DTOPIA tracking』は映像編集ソフトそっくりのデザインで、メインの画面と、その下にタイムラインが敷かれている。好きなラインをクリックすると、カメラが切り替わって、陸上競技のレーンを反復横跳びしながら走っていくみたいな感じで、島を瞬間移動しながら追体験できる。そこまで難しい操作でもなく、感覚的にカメラをスイッチして、好きな対象を追跡《トラッキング》できる。

これだけのシステムが一体どのぐらいの予算で成り立って、どのぐらいの視聴者数を集めることで収益をあげているのかは想像もつかないけど、「本編」でヌード場面に施されているモザイク処理が「追跡《トラッキング》」版にはかけられていないという特典もあって、有料のトラッキングシステムへ面白半分に加入してみる視聴者は少なくなかった。彼らの多くはエロ目的だったけど、遊び心のおさまらない一部のファンたちの間で、自分だけのデートピアを再編集することが流行《はや》りはじめる。

いちばんの主流は製作側の想定通り、プリセットされている「人物追跡《トラッキング》」みたいな機能を使って、自分の好きなキャラクターを中心に楽しむこと。そこからさらに表情や仕草をスクラップして仲間たちと共有しあうことだった。あるいはシュールな瞬間や、メンバーの無表情やうっすらと翳《かげ》った表情だけを切り取ってミームをばらまく人もいて、Mr.ミラノが無意識に一点をずーっと凝視《ぎょうし》している様子や、Mr.リオが日ごとにマイナーチェンジを繰り返す口髭《くちひげ》のデザインに「iPhone 15と16の違い」みたいな文字をつけた画像が次々に流通した。「世界一の美女を落とすために男たちがやっていること」という、朝の海辺でカラーコーンを囲みながら鬼ごっこみたいなトレーニングを大真面目にやっているおまえとMr.シドニーとMr.ミラノを笑いものにする動画もあった。登場人物ではなく映像美メインで、ロマンチックな瞬間を集めて本編よりずっとおしゃれな映像を作る人もいた。ネット空間で予想外に大きなトレンドになったのは、デートピアを使って自分たちが関心を持つトピックを語ることだった。例えばフェミニズムや心理学の観点でデートピアを編集して、それを元に何かを語ったり、教材代わりに使ったりすることも盛り上がっていた。楽しみ方はそれぞれで、デートピアは一直線の時間から解放されて3D曼荼羅《まんだら》図みたいな大膨張を起こした。どんどん増殖する編集《バージョン》をすべて追いきれる人間は、誰もいなくなった。

けれど株価の変動みたいに、なんとなく全体の推移みたいなものはあった。例えば、みんながどうやって推しキャラクターを決めるのか。自分の国の代表を応援するっていうのが普通のはずだけど、異性愛者が異性を応援するとき、愛国的なモチベーションは驚くほど持続しない。だいたいの異性愛者にとって、世界でいちばん憎悪をそそられる対象は、自分の国の異性だから。じゃあ顔で選ぶのかというと、それも意外と難しい。挑戦者の男たちはみんな格好いいようでいて、同じような理想的男性像を目指しているから、十人の男を見分けるのはある程度の時間を要した。だから、視聴者のほとんどはまず、順番に追って観ることを放棄する。だいたいみんな「本編」の最終エピソードを確認して、そこからカウントダウンするように各エピソードを消化していく。番組の概要は噂《うわさ》で知っているから、冒頭を観る必要は無いし、今後どうなるかも分からない挑戦者に時間や熱意をかけるより、結果残したやつを応援していくほうが確実だから、多くの視聴者は、最終エピソードでおまえがMr.シドニーを破って優勝する結末を知ってから、エピソードを遡《さかのぼ》っていった。

その結果、何が起きるか。エピソード1で「日本人すぎる」って揶揄されたおまえの顔には、やっぱりオーラが漂っていた。最初からというべきか、それとも最後からというべきなのか？――この新感覚な混乱が、視聴者たちにはだんだん癖になる。結果を知る前と後では同じ人間の見え方が違うことの奇妙さ。あるいは、未来にいる自分たちこそが初日のMr.東京にオーラを授けているような、なんともいえない優越感に夢中になる。さらにその結果、挑戦者それぞれのファンたちは、過去の映像を漁りまくって、推しの推したるゆえんを発掘し続ける。結果、デートピア２０２４は番組が完結してもなお、十人の人気が変動し続ける不思議なスタイルを確立していった。追跡版《トラッキング》に公開されている「本編の視聴者推移」も、従来のドラマとは違った。視聴数は最終回からスタートに向かってだんだんと減少していくという、普通のドラマとは真逆の傾向が生まれていた。

それでも、アクシデント的にどうしても面白い回というのはあって、視聴数がピンポイントで跳ね上がっているのはエピソード５のあたりに起こった泥試合だった。

「Date 5　あんたはここに呼ばれていない」はいつものように晴天から始まった。14時。ミスユニバースはまだいない。それまでと同じように、大テーブルを囲んだランチだった。セントヴェガスの料理はよほど中毒性があるのか、みんなハンバーガーかボロネーゼパスタのうち、それぞれが初日に頼んだものをずっと注文し続けていたけど、この日はほとんどの男が料理を残していた。昨晩発覚した、ミスユニバースと召使いマルセルのルール違反について議論していたせいで、食事が追いついていなかった。

ルール違反は、椰子の木に設置されたカメラで発覚した。深夜、「アパート」の裏にあるラグーンで、ミスユニバースとマルセルは密会をしていた。ラグーンのほとりに座った彼女は、ヒールを履いたままの両脚で、マルセルの頭を抱き締めていた。マルセルはというと、下半身をラグーンに浸《ひた》して、上半身は砂のうえに横たえた姿勢で、彼女の股間に顔を埋《うず》めていた。

これによる挑戦者たちの屈辱は大きかった。世界中の男が十人もいて、現地の使用人に女を奪われること。デートピアに参加する前から、彼らにとっての恋愛は競争そのものので、社会的地位と結びつきすぎていた。だからこそ、男たちはかつてなくプレッシャーに晒《さら》された。

そして闇の中でクンニに徹するマルセルの体は、絡《から》みついたミスユニバースの白い脚をより白く浮き立たせた。ココアを煮詰めたような肌。前髪をクロップしたスキンフェードの丸刈り。肩を丸ごと覆ったタトゥー。分厚い唇。そして金の指輪。一九〇センチ近くある裸体は、服を着ている姿からは想像もできないぐらい筋肉質で、そのディテールはコテコテにいかつかった。これもまた、挑戦者の男たちの一部から激しい反感を買った原因だった。男たちは、そのときのことを口々に語る。『そういうことか』『まるで女王様だ』『必死にエスコートしたのに』『結局あの女は』『そういうのが好きなのかよ』。炎天下のランチテーブルで、Mr. L. A.が目を合わせずに聞いた。『キースはどうだ』『悔しくないのか？』。

男たちはお互いのことを名前で呼びあうようになっていた。汽水《きすい》という本名からすでにキースという愛称で親しまれているおまえは、確かにあんまり悔しそうじゃなかった。困りましたねえって感じで、口角を下げているのにそれが愛想笑いであると伝わるサラリーマン的な表情を浮かべて言った。『みんなの言う通りだ』『彼女にはがっかりした』。おまえは発言もつくづく無難だった。

Mr. L. A.は予想通りに期待外れな発言を聞いて、首をゆっくり左右させた。

Mr. パリが、そのときのことを語る。『キースは育ちが良さそうで』『いつも相手の目を見て』『相手に共感する』『完璧な対応だけど』『だからこそむしろ』『信用できなくなってきた』『他の男たちは』『本能を隠すために』『紳士の仮面を被る』『けれど彼は』『本能もない癖に』『仮面だけ真似してる』『だから全員が外しても』『一人だけ仮面のまま』『あのとき俺たちは』『番組としてじゃなく』『マジであの女に殺意があった』『奴だけ気付いてない』『どこまでいっても振りだけ』『Mr.東京』『まじであいつは』『腹が割れない』。

14時。ミスユニバースはいつものように召使いを従えず、一人でやってきた。マルセルはそれ以来、姿を現さなかった。男たちの冷やかしに包まれて、ミスユニバースが不満そうに席に着くと、ゲームの案内を務める電子音声が賞金の減額を告げた。ミスユニバースの浮気は、挑戦者たちに魅力がないことが原因だ、というのがデートピアの下した判断だった。一触即発な雰囲気のなか、ミスユニバースは一通りの言い訳を済ませてから、それでも納得しない男たちに向かって『ずっと思ってたんだけど』と態度を急変させた。

ミスユニバースは腕組みしながら、最悪の一言を発した。

『ここには黒人が一人もいない』

この女は何を言い出したのか、しばらくの間、みんなが黙ってしまった。

けれど彼女は真剣だった。それがミスユニバースのひねりだした最後の言い訳だった。『ここには黒人が一人もいない』。一方で召使いのマルセルは、ココアを煮詰めたような肌。でも、だから黒人と括っていいのかは微妙だった。仮に彼女の原語通り「Black」の定義に沿って考えても、ポリネシア系の人間は、モンゴロイドだ。アジアから海を渡り、今オセアニアで暮らしている彼らをブラックと呼ぶべきでもイエローに括るべきでもないはずだけど、そんな細かいことはもはや誰も眼中にない。『ここには黒人が一人もいない』。だから現地従業員のマルセルに手を出したのだと、彼女はそういう理屈でいくことに決めたようだった。

『だっておかしいわ』『今2024年だよ』『人種比率は問題ないわけ?』『人選が偏り

すぎてる』『それに現地人が一番魅力的』『世界中どんな場所でも』。ミスユニバースは男たちだけでなく、もっと外側の誰かに向かって主張しはじめた。言い出すと止まらず、窮地に追い詰められるほど、態度はかえって堂々としていった。

男たちはお互いを目で盗みあった。怒りを共有したいのではない。誰がいちばん反論するのに相応《ふさわ》しいのか、様子を窺《うかが》っているようだった。Mr.ドバイをみても、Mr.リオをみても、確かにはっきりとした黒人は、誰もいなかった。この数日間で、男たちの肌はどんどんメラニンを大量生成していたけれど、そういう一時的な肌の濃さは、もちろん人種とは一切関係ない。最初から——ベッドの上で塊になって、ピンク色の夕日に染められたときから、彼らの肌は同じように赤く腫《は》れ、同じように灼《や》けて、いつもお揃いだった。『ここには黒人が一人もいない』なんて、みんな気付いていた。そんなことは視聴者を含めて、みんなが知っていた。いなくていいのだ。だって2024年の娯楽トレンドは、白人による白人のための懺悔《ざんげ》ショーだから。

春のアカデミー賞で候補になった『バービー』『オッペンハイマー』『哀れなるものたち』『アメリカン・フィクション』『キラーズ・オブ・ザ・フラワームーン』といった映画はどれも、二十世紀に白人が残した負の遺産をセルフ懺悔するコンセプトを持っていた。バービー人形という白人ルッキズムと資本主義の合成物。原爆。男女差別。黒人と白人の格差。ネイティブアメリカン虐殺。もう誰の責任か追及できないぐらい昔の、すでに起きてしまった過ちを、白人俳優たちが「私たちは自分の愚かさをちゃんと分かってます」って顔で演じてみせる映画を、ハリウッドは強迫観念のような勢いで量産した。それが単発の作品に止《とど》まらなかったのは、ひとつ大きなメリットを獲得したから。それは「白人たちの懺悔ショーであれば今まで通り白人ばかりが中心にいても問題視されない」という暗黙の了解だった。それは、作る側にも観る側にもずっと溜《た》まっていた「白人だけのロマンスを蘇《よみがえ》らせたい」という欲望を叶《かな》える光だった。作品賞を受賞した『関心領域』もまた、ナチスのホロコーストをスタイリッシュにまとめた、白人懺悔の文脈を引く作品といえた。ナチスの政権下、すぐ近くで起きているホロコーストの気配を無視して優雅に暮らす人々。「これこそが今パレスチナで進行中の虐殺に対する、我々の無関心さを表現しているのだ」というメッセージを、私たち観客はこの映画を観るまでもなく把握した。多くの観客が望んだのは「関心領域」の外に目を向けることでも「関心領域」の内で無慈悲に暮らすことでもなく、そうした図式そのものをシンプルに把握することだった。もう誰も本編を観ない。しんどくてめんどうな時間を一方通行に、まともな速度で過ごしたい人なんて私たち観客のなかにはほとんど残っていない。コンセプトだけでいいのだ。細かい議論は切り捨てられた。例えば、今イスラエル政府が起こしている虐殺について、ナチスのホロコースト映画を通じて把握しようとすることは「まだナチ以上の惨劇は起きていない」という安心や傲慢《ごうまん》さに基づいているのではないかということ。そうした現在のジェノサイドの責任から逃れるため、まるですべての責任が過去の人々にあるかのような印象操作をすることは、歴史上あらゆる植民地主義者たちが用いてきた手法だったこと。戦争や虐殺が、まるで人類の本能であるかのような諦めを抱かせることとすら、仕組まれた文法だということも。そして何より、こうした警鐘を監督本人がスピーチしなければならないほど、「作品の意図」と呼ばれるものが、製作陣の中でも割れているらしいこと——そうした細かい問題は、ラディカルな人たちが議論すれば良いのだ。とにかく、バカな白人を生態観察みたいに記録して、それで何かを把握した気にさせれば、今まで通りに綺麗な白人世界を作ることができる。この仕組みに、みんなが薄々気付きはじめていた。

２０２４年版のデートピアもそういうフォーマットなのだと、私たち視聴者は暗黙のうちに理解している。フランスの植民地になった島へ、先進国の男女がやって来る。アパートを建設し、プールでくつろいで、毎日デートを繰り返す。まるでジオラマだ。こんな旧時代的なロマンスはそうそう目にできない。「あえてやってます」っていう注釈なしには存在しえない、絶滅危惧《ぜつめつきぐ》のジオラマ。これを成立させるために、デートピアが取り付けた「あえて」は、エピソード２で行われたマルセルのクルーズだった。

「Date 2　マルセルのタヒチツアー」で、マルセルは参加者たちにポリネシアの歴史を簡単に紹介した。表向きはエイに会うのが目的の、数時間のクルージング。12時。いつも通りの眩《まぶ》しい晴天だった。いつもより二時間早く、マルセルは南側にある港にみんなを集めた。砂浜より水深があるせいか、海の青が濃く硬かった。床がハンモック状になったカタマランボートが停泊していた。

『こっちかと思ったよね』『残念だが』『今日はこっちだ』

マルセルが笑いながら、カタマランボートではなくその横にある、小さなクルージングボートを指差した。

『エイと遊びたいだろ』『あいつらの居場所は浅いんだ』『小型船でしか入れない』

麻のパンツに白くてなめらかなシャツを着て、灼けた胸には金の十字架が光って揺れていた。全体的に平たい体つきで、シャツから覗《のぞ》く胸には胸骨が浮いているのに、鳩尾《みぞおち》へ窪《くぼ》むところはムキッと筋ばっていて、確かに、あの筋肉質な裸の片鱗はあった。ミスユニバースが彼を見つめるときにサングラスを外す様子すらも、いろいろ発覚したあとでは深読みしがいがあった。出発の前、マルセルは地球儀を抱えて、操縦席の椅子をくるっと回転させた。ボックスシートに座った十一人へ、マルセルはポリネシアの地理を紹介する。

『今いるのはここだ』『南の端っこにある』

そう言って、マルセルは右膝で地球儀を挟み、ちょっと力を込めて土台を外した。取り外された球体は木製なのか、マルセルの指が触れるたびコツコツと鳴った。

『でもタヒチを中心に見ると』

マルセルは十本の指先で地球儀を、バスケットボールみたいにパッ、パッと弾《はじ》いた。地球儀は小刻みに回転され、上に、右に、何回か転がされていく。するとさっきまでみえていた緑色やベージュの大陸たちがだんだんと隠れ、青色が増えていった。

『見えるかい？』

最後にマルセルは優しい手つきで球体を抱えると、みんなと同じ方向からそっと覗き込んだ。

『ポリネシアが中心だと』『地球は真っ青なんだ』

太平洋が、地球儀の半面をまるごと覆っていた。マルセルは地球儀を足元に置いた。

『だからめちゃ広い』『島はオマケだ』『これから回れんのは』『まじでほんの一部』比較的上品なマルセルの発音に似合わず、日本語字幕がむさ苦しいニュアンスに誇張されているのは、よくある黒人らしさの強調に見せかけて、後《のち》に意外なかたちで発覚する彼のいかいい男らしさに伏線を張っているのかもしれなかった。

青い海面に筋をひいて、ボートが出発する。真上から反射した太陽の光は、波の上でバキバキ割れて輝いた。はじめはインディゴブルーに濁《にご》っていた海が、目的地に近づくとだんだんと明るく、澄んでいった。海底から、真っ白な砂地が迫ってくる。海がどんどん浅くなっていく。目的地に到着すると、そこは波もほとんどない、ただ砂浜が水浸しになっているようなスポットだった。ボートがきめ細かな泡をじゅわじゅわと吐いて止まり、十一人は降り立った。海の真ん中なのに、足をついて歩くことができた。空中とほとんど変わらないぐらいに透明な水の中に佇《たたず》んでいると、遠くから黒い影が迫ってきた。

『エイだよ』『ボートに近寄ってくる』『餌《えさ》の味を覚えてるんだ』

マイスウィーティー、とマルセルが囁《ささや》きながら、三匹のエイを引き寄せる。ラバーみたいな質感のエイが海面から頭を迫《せ》り出して、マルセルの体に勢いよく飛びつく。ハグしているみたいだった。他の男たちも、餌を手に持って真似をした。黒い体表が銀色に輝く。エイの質感はよほど不気味なのか、喘《あえ》ぎにも悲鳴にも聞こえる甲高い声があちこちで漏れた。エイたちは元気もすごくて、身長の高い男たちでも、エイたちに飛びつかれると怖気《おじけ》づいて海に倒れた。

小さな魚はどこにもみえなくて、まばらに泳いでいる生き物は、エイが八割、レモンシャークが二割という感じだった。どちらも平たくて、上から観ると絵画と立体が混じったような眺めをしていた。レモンシャークの中にはカメラを取り付けられた個体もいた。どこかで誰かが餌を撒《ま》くと、他の人間たちの脚の間を勢いよく潜《くぐ》ってそっちへ進んでいった。水の屈折と、砂の反射で、灰色のレモンシャークはうっすらとレモン色や水色や藤色を帯びていた。

『あっちの方角だ』いつのまにかボートに戻ったマルセルが、訪問者たちに指し示した。懺悔のための時間が始まる。東の海に全員が目を凝らした。

『三十年前まで』『フランス政府は核実験をした』『二〇〇回だ』

雲ひとつない、水平線に仕切られた二色の青しかなかった。

『どのぐらい遠くで?』男たちの誰かが聞く。

『およそ一四〇〇キロ』

『核実験って?』

『ああいうのだよ』マルセルは伸ばした腕をぐるっと回し、真逆の方向を指さした。白くて大きな入道雲が、少しもなびかずに静止していた。雲のうえに雲がずっと積み重なって、てっぺんは画面に収まっていなかった。

『ガチの原爆を』『イメージしてくれていい』『ヒロシマみたいな』マルセルは無意識に、おまえへ目配せをする。

おまえは何も答えず、海の向こうに目を凝らしていた。

『もう影響はないのね』ミスユニバースが相槌《あいづち》のように言う。

マルセルは笑った。

『影響だって?』『勘弁してくれよ』『ない訳ないだろ』『海の真ん中で』『原爆二〇〇発

だぞ』『もう地球中に広がってるさ』

『ごめん』ミスユニバースは謝った。『ここはあまりに』『平和に見える』『あなたも』。

『放射能は死なない』『人間が忘れるほうが早いさ』。マルセルは眉を持ち上げた。

１９６６年から96年にかけて、フランス政府は自国の一部であるはずのポリネシアで一九三回の核実験を行った。きっかけは日本に落とされた原子爆弾だった。青空を突くキノコ雲と、四〇〇〇度の熱。その破壊力に魅せられたフランス人たちは、それを再現したいと考えるようになる。実験地のひとつであるムルロア環礁は、海上や地下での一七八回に及ぶ爆発で完全に破壊され、周りの環礁だけがドーナツのように残された。真ん中には最初から島と呼べる陸地がなかったのか、それとも爆発によって失われたのかは、調べても出てこない。元の形が残っていないせいで、どれだけ壊したのかもよく分からない。実験地は今でも一般の立ち入りができず、被害の実態については基本的に非公開だけど、１９７４年当時だけでも被曝者は推定十二万人にのぼる。当時のポリネシアの全人口に相当した。

『夏のオリンピックと交代で』『君たちも来てくれた』『島の人々にとって』『24年はボーナスイヤーだ』

２０２４年のパリオリンピックでは、タヒチ島がサーフィン競技の会場に決定し、その騒ぎが去ってすぐにデートピアが開催された。

海の向こうに、雲が湧いていた。海があまりに浅いせいで、陸の向こう、という感じもした。水没した砂漠のような地面にふわふわと爪先《つまさき》を立てて、男たちは再びエイと戯《たわむ》れる。最初にマルセルのやり方を見たせいか、みんなどことなく影響されて、エイを女みたいに扱った。甘い声で囁いたり、抱き寄せたり、突進してくるヒレにキスをした。『私以外の子に夢中みたい』ミスユニバースはどこか安心したように笑って、ボートに戻り、ソファ席に横たわった。

『動物を愛する男は好き』『自然を大事にする人』いつのまにか声だけが分離して、ナレーションに切り替わっていく。ミスユニバースはそのときのことを、どこかの時点から語り、体はうたた寝をはじめた。

「この日からミスユニバースの態度が変わったのではないか」「彼女は人権派に目覚めた」という説もあった。ミスユニバースは席に座って、さっきまでマルセルが示していた東の水平線を眺めていた。たまにサングラスを外し、黒く縁取られた瞳をマルセルに向けた。エイと戯れる男たちへ野次や歓声を飛ばしながら、ふとしたときに物思いに耽《ふけ》っているような表情に戻り、再びボートを降りることはなかった。「自分の無知を恥じているように見える」「表情を見れば分かる」。実際のところは分からないけれど、水を飲もうとボートにあがったMr.東京へ、ミスユニバースは珍しく、彼女のほうから話しかけた。『さっきの話』『あなたはどう思った』『ヒロシマと同じだって』『あなたの故郷も』『大変だったはず』。

心配いらない、とでもいうような表情でおまえは『そんなこと』『俺も知らないさ』と答えた。『ナガサキもヒロシマも』『僕は行ったことない』『知り合いもいない』。おまえは肩をすくめて、ボートから飛び降りた。

「あまりに不誠実すぎる」という声もあった。「この無関心さが彼女をマルセルに向かわせた」「彼女がしたかったのは知的な会話なのに」。一方で、別の意見もあった。「日本人は原爆の話以外させてもらえないのか?」「昔の日本人って原爆に対しての被害者意識がすごかったけど、彼ぐらいニュートラルな感覚こそが現代的でリアルだ」「っていうか被害者ぶってあげる筋合いないよ」「ミスユニバースは男をディルドか教材としてしか見做《みな》せない」あるいは「決定的な考えを握らせないことこそがMr.東京の作戦だったのかもしれない」。

水の中ではMr.リオがエイを怖がって、それをMr.ドバイがお姫様抱っこで守っていた。初日から順位の低かった彼らはすでにミスユニバースの気を惹くことを諦めて、爪痕《つめあと》を残すためなのか擬似BLみたいなことを始めていた。メソメソしがちなMr.リオと、気丈でポーカーフェイスの大男Mr.ドバイ、というキャラクター設定を演じて。世界中の多くの女性たちは、日本の「Fujoshi」のように自己卑下のラベルを使わずとも素直にMr.ドバイとMr.リオのカップリングに発情を示した。Mr.ドバイは特に、本場の「Fujoshi」たちから良いおもちゃにされていた。身長は特に高いわけではないけど、東アジアの平均に比べれば十分に高いと言えるし、分厚い筋肉の上に脂肪の乗った体型も、狼《おおかみ》を思わせるミディアムヘアの黒髪も、豊満な胸にふさふさと生えた胸毛も、何かしらの典型にぴったりハマっているらしかった。インド映画『RRR』の主演を務めたNTR Jr.や、メジャーリーガーの大谷翔平、韓国俳優のマ・ドンソクといった大柄な男たちの扱われ方がそうであったように、Mr.ドバイもまた「Fujoshi」たちの妄想の中で知性をやや低めに設定され、無防備で無垢《むく》な、半ば動物化したようなキャラ設定で愛されはじめた。一部のコミュニティでは日ごとに灼けていくMr.ドバイの肌色を数段階に分類し、本名の「ムハンマド」にあわせた「赤ムハ」「焦げムハ」「黒ムハ」「一晩寝かせた二日目の火照りムハ」といった呼び名が流通し、そのときどきの肌色に合わせた獣耳のスタンプが合成されるようになった。相手を簡易的に獣化させることで性欲の隠《かく》れ蓑《みの》を作っているのは誰の目にもバレバレだった。

「吐き気がします。日本の女性たちは『となりのトトロ』を観て育ったせいで獣性癖《ケモナー》になったんですか？　あなたたちは腐っている」。行き過ぎた憎悪がかえって語源を探りあてしまった発言をTikTokで披露したのは、デートピアから帰ってきたあとのムハンマド本人だった。「みんな私のことを大型犬か何かだと思っているけど、自分の体を辱められて、何も感じないはずがありません」。

いろんな声が、島に向かって吹きつけていた。未来からも、過去からも。

16時。西の海へ日が傾きはじめる。ボートはボラ・ボラへ向かって進んでいた。男たちの何人かはサングラスをかけず、その景色を黙って見つめた。日中の多くを裸眼で過ごした彼らの瞳は、日光と潮風に晒《さら》されてすでに深刻なダメージを受けていた。Mr.トロントのように色素の薄い瞳はなおさら、重症に至るリスクは高い。

深夜、自分の寝室から出てきたMr.トロントがリビングを徘徊《はいかい》しはじめた。赤外線カメラが捉えるモノクロの世界で、彼はタンスやテーブルにぶつかりながら、固定電話でフロントに助けを呼んでいるようだった。紫外線による角膜破壊は、ものすごくゆっくりと、九時間ぐらいかけて進行する。目を開けていられないほどの激痛に気付く頃には、もう真夜中になっている。本人も、周囲の人間もぐっすり眠っている時間。Mr.トロントを本島に運べる船は、すべて航行を終えていた。明け方の船がやってくるまでの数時間、ホテルスタッフとMr.L.A.に目薬やアイシングを施されながら、Mr.トロントはソファでのたうちながら過ごした。

Mr.トロントはそのときのことを語る。『目が覚めると』『何も見えなかった』『とにかく痛い』『両目をステーキされて』『コショウを振られたようだ』。

翌日のランチから、デートピアの全員がサングラスを装着するようになった。ひときわ真っ黒なサングラスをしたMr.トロントは、大事に至らなかったこともあってみんなに揶揄《からか》われた。

『せっかくの青い瞳が』『黒焦げになるところだった』Mr. L.A.がハンバーガーから輪切りのピクルスをつまみあげて、Mr.トロントの目元へ、サングラスの隙間からねじ込もうとする。Mr.トロントは本気でキレているのかってぐらい強くそれを払って、でも特に取り乱すでもなく『まだヒリヒリするんだ』と言い飽きた様子で答えた。同室のMr. L.A.とMr.トロントには絆《きずな》が生まれているのか、喧嘩《けんか》ギリギリの挑発も交わしあえる仲になっていた。

14時。ミスユニバースは駆けつけるなり、Mr.トロントを慰《いたわ》るように抱きついて、頭を撫《な》でた。突風に煽《あお》られ、金色に透けた二人の髪と髪がぶつかり、混ざりあう。いつかの自己紹介で『タイプは自分の女性版だ』と語っていたMr.トロントは満更《まんざら》でもなさそうに、べろにまとわりついたミスユニバースの金髪を指で抜き取っていった。

『昼間の無理は禁物だね』ミスユニバースはみんなに向かって、スカルプネイルの爪をぶつからせないように両手を合わせた。

デートピアが正式に壊れはじめたのは、公開後しばらく経《た》ってからのことだった。ミスユニバースの浮気相手である使用人マルセルが、自身のFacebookに告発ともいえる投稿をしたのだ。それによると、デートピアの収録中、ミスユニバースとの密会から別れたところへ何者かが現れ、マルセルを暴行したらしい。添付された自撮りには、パックリと裂けて縫い合わされた鼻と、内出血で二重の膨らみを作った左目が映っていた。告発が遅れたのは、ホテルから口止めをされていたせいだとも記されていた。もう誰も、デートピアを安心して観られなくなった。「あえて」の懺悔ショーなんかでは、もうなくなっていた。そんな設定は通用しないぐらい、リアルタイムで過ちが起きていた。世界に届けられるずっと前から、デートピアは壊れていたし、壊していたのだと、視聴者は問題視を始める。

元からのファンに加えて、デートピアを危険視する人々も含めた観客たちは、犯人探しに関心を移していった。けれど夜の「アパート」付近や、各部屋の寝室は『DTOPIA tracking』に公開されていなかった。そういえば全ての日付が隠されていた。デートピアには何月何日っていう具体的な日付がなくて、事件がどの時点で起きたのかも、そのときに男たちがどこにいるのかも、特定ができないようになっていたから、まずその体制が非難された。

犯人探しは続く。観客たちはそれぞれに、十人の男が「Date 4」時点までにどんな感情を辿《たど》ったのか、逆再生で追ってみた。けれど心理的な動機はちっとも当てにならなかった。「あのときMr. L.A.はミスユニバースといちばん熱かった。浮気現場をみて逆上したんじゃないか?」「その直前にMr.トロントがトップだった。順位を落とされた腹いせじゃないか？」「そもそもMr.トロントとMr.L.A.は、使用人に対する態度が差別的だった。注文を頼むときの感じも横柄だったし。彼らは同室だから、結託したのかもしれない」「マルセルが原爆について語ったとき、Mr.パリは明らかに嫌そうな顔をしている。ナショナリストでしかない」「それはない。Mr.パリは大学時代に政治学部にいて、その後共和党関係の仕事をしている訳じゃないところを見ると、リベラルだと思う。あそこの多くの学生のように」「それに少年時代、彼のいたサッカーチームにはほとんど有色人種の仲間しかいない」「チームで一番いい奴だったって」。幼いMr.パリが、ロッカールームで黒人の少年たちと肩を組んでいる写真もすでに発掘されていた。こうした過去発掘はMr.パリの熱心なファンによって行われていた。推しの卒業アルバムや幼少期の美談を蒐集《しゅうしゅう》して、まともなファンから「時間差の小児性愛者」って忌み嫌われるタイプの人々によって、すでに十一人の過去は発掘が進んでいた。

　結局、動機の推理はいくつもの可能性に分岐して収拾がつかなかった。どの男もそれなりに嫌な奴である可能性があり、同時にすごく良い奴である可能性もあった。印象にしか基づかない犯人探しゲームはだんだんと、そうした可能性の幅が大きい男ほど信頼できないかのような風潮を生んでいった。どんなに邪悪な性格でも、実行できない立場の人にはできない。どんなに良い奴そうでも、悪事を働いても許される立場の人間なら、警戒するべき。「理由はなんであれ、この中で一番、あの黒人を殴って許されるのは誰か?」。争点はずれつつあったけど、そうやって加点式なのか減点式って言うべきか、全員の特権ランキングをつけていく流れが本格化しなかった理由は、おまえだった。井矢汽水。デートピアの参加者で唯一、自他ともに認識済みの元犯罪歴の持ち主。2019年、窃盗によって逮捕され、その写真がなぜか話題になって、有名になった男。白人たちに集中しかけていた疑惑の目は、おまえに向けられた。「でも、窃盗と暗闇で殴りかかるのって、犯罪のレベルが違うし」「一度犯罪を犯した人は、どんな罪も疑われないといけないの?」。

「Date 5」でミスユニバースが突然言い出した『ここには黒人が一人もいない』という問題提起も、あらためて新しい響きを持ちはじめた。視聴者としても、もはや最初に蓋《ふた》をしていた違和感を無視できない。「デートピアが現地人の参加を許さないのは、明らかに時代錯誤」「この時代に黒人不在なのはきっと何かがあるんだろうって気になっていた」「そもそも何でルール違反なの?」「大人の男女が恋愛をするのにルールなんて存在しない」。そうして視聴者たちがマジに還《かえ》ることを見越したように、ミスユニバースはあらかじめ問題提起をしていた。『ここには黒人が一人もいない』。まるで「この女には未来が見えているみたいだ」。アイメイクで真っ黒に縁取られた瞳が全開に開かれた瞬間のキャプチャを使って、そんなミームが作られたりもした。

そうした未来人からの監視も知らず、デートピアでは炎天下のテーブルを囲んで、男たちがミスユニバースを裁いていた。風が食器をカタカタと鳴らし、紙ナプキンがゆったりとめくれあがる。

『言ってることが無茶だ』『Mr.ドバイはどうなる』『彼だってアラブ人だ』Mr. L. A.が反論する。

『揚げ足取らないで』『私が言ってるのは』『わかるでしょ』『もっと』『ブラックブラックよ』ミスユニバースは目配せを交えて答えた。

「果たしてこの女は擁護に値するのか？」視聴者たちは悩み、その答えもまた可能性の幅が広かった。つまり相当怪しかった。

ミスユニバースは話し続ける。『貴方達には特権がある』『それは立派なことだけど』彼女はかなりの紫外線恐怖症《UVフォビア》みたいで、本人も気付いていないだろう頻度で日焼け止めクリームを塗りまくっていた。木のボウルに盛られた備え付けのココナッツクリームを、叩《たた》きつけるように手で取って、たっぷりと肌に塗りたくる。彼女は男たちと比べても、いちだんと白い肌を保ち続けていた。

『黒人がいないのは異様』

そこまで言うなら自分が代わればいいのに、と客観的には思わざるをえないけど、ミスユニバースに向かってそんなこと、さすがに誰も言わないんだろうと思ったら、

『それならおまえが代われよ』

言った。Mr. L.A.だった。『口では立派なこと言うが』『おまえが今塗ってるのは』『なんだ？』『肌が焼けるだろ』『なぜなら白人だからだ』『自分を見ろよ』Mr. L.A.は水の入ったピッチャーをどかし、下に敷かれた銀のプレートを持って、鏡がわりにミスユニバースの顔へ向ける。『分かるか？』。

サングラスをしていないミスユニバースの顔に、光が反射する。一瞬、金髪は透け、瞳は色を抜かれる。中心の瞳孔以外はほとんど白目の、ギョッとするような形相を一瞬だけ露《あら》わにして、ミスユニバースは手で光を遮った。

『まぶしいだろ？』『肌も痛いか？』『おまえが白人だからだ』『呼ばれてないんだよ』『この島に』『さっさと焼け死ね』

つい数日前に自分自身も目を痛めたMr.トロントも、もうその事実を忘れているかのように拍手で加勢した。酒に酔った男たちの何人かがスプーンやナイフを掲げて、ミスユニバースに光を集めた。『その通りだ』『浮気女』罵倒《ばとう》と喚声が浴びせられる。真っ白だった彼女の肌は、まだ白くなれるんだって笑いたくなるぐらい、反射光で斑《まだ》らに脱色されていく。強い光のせいで、目の皺《しわ》がくっきりと浮き上がり、目の下のクマが透けた。ボコボコに殴られた鬱血だらけの顔をネガ反転したみたいなありさまは、事件の後のマルセルと、瓜《うり》二つで正反対のコントラストだった。

『あんたはここに呼ばれてない』Mr.トロントも、真剣な顔でそう告げた。

『いい加減にして』ミスユニバースは手を思いっきり伸ばして、Mr. L. A.の持っている盆を叩き落とす。Mr. L. A.はまた拾って、掲げる。ミスユニバースは席から立ち上がった。

『今日は』『敗退者を決めるんでしょ?』カメラの向こうにいるスタッフに、ミスユニバースは語気を思いきり強める。『決めたわ』『あの二人を追放する』Mr. L. A.とMr.トロントを交互に指差した。さっき盆を叩いたせいか、スカルプネイルは欠けていた。

『ああ』『喜んで去るさ』『その代わり』

デートピアは男たちにルールを提案していた。ミスユニバースが来る前に、男たちには追加ルールを執行するかどうかの権利が与えられた。権利を持つのは、その日決まることになる敗退者二名。もし敗退者が納得できなかったら、ジェンダーバランスの是正措置を取ることが提案されていた。「Date 6〝ギャル・クルーズ〟が到来する」。白人美女の女王国《クイーンダム》は、怒り狂った白人男たちと、そして同じく白人ばかりだろう番組製作陣によって、用意周到に破壊された。自業自得な面もあるけど、あまりに意地悪だった。

『これからは』『島に女は一人じゃない』『船が出発した』『現地のギャルを乗せてる』『お前の望み通り』『有色人種だ』『お前みたいな女は』『退屈だ』『どこにでもいるから』『デートピアから去っても』『いくらでも抱ける』『ミイラ女』『島に残って』『せいぜい

思い出せ』『希少価値のない穴が』『本来どう扱われるか』
次の瞬間には、一艘《そう》の船がデートピアめがけてやってくる。波を割り、白い水しぶきを撒いて進む通称「ギャル・クルーズ」。デッキに集まっている人数は十五人。みんなそれぞれ水着やTシャツを着ていた。これはあくまで私の独断に過ぎないけど、ざっと見た感じだと女の子が十人でそのうちトランスの子がたぶん三人。ノンバイナリーが私を含めて三人。誰得なのかシスの男が二人。ポリネシア系が私を含めて十二人。アフリカや地中海ルーツの子が五人。東アジア系が私を含めて三人。そして白人。これだけニッチな局面でも必ず混じってくる白人が二人。ルーツに白人を含んでいる子も含めると七人はいそう。カーリーヘア五人。ストレートとウェーブが合わせて五人。ブレイズが私を含めて五人。グラマーな子が五人。細めの子が私を含めて七人。十五の人間に八十四以上の魅力が搭載されて、デートピアの時間は一気に息を吹き返す。本来の姿に、ぐっと近づく。
正面から風が吹きつけていた。カットがかかると私たちは一斉に顔を背け、カメラマンは足早に船室へ戻って行った。「目を開けてられない」「口に入ってくる空気が強すぎて、吐きそうになってきた」。誰からともなく弱音を吐いて、みんなそれに同意した。タヒチからボラ・ボラ島まで、船で一時間弱。ここに住む人ならみんな慣れているような軽い移動だけど、撮影しながらとなると思った以上に体力を消耗した。「船に乗って島に向かう」の図を撮るだけでもアングルを変えたりドローンやらで撮り直したり、風に髪をなびかせる、海の向こうを指差す、といった何気ない動作をデッキで繰り返す必要があった。船は先端ほど揺れるから、何人かはすでに船酔いを起こしていた。

船に乗っているのは、地元でいくつかのモデル事務所から呼ばれた子たちと、その友達だった。デートピアの後半戦へ積極的に絡むことを約束されているメインキャスト扱いの子は一人か二人ぐらいで、私を含めてほとんどは、賑《にぎ》やかしのような軽い役だった。二週間もボラ・ボラで過ごせる人なんてほとんどいないし、何より呼ばれたのが急すぎて、オーディションも特にないまま簡単に参加することができた。

やがて船がボラ・ボラの領域に入る。湾内の海は浅く、ガラス越しに珊瑚の上を走っているみたいだった。がつがつと波にぶつかる衝撃すら、珊瑚を轢《ひ》いているんじゃないかと錯覚するぐらい。

そうして私たちは、ボラ・ボラに到着した。

港は桟橋のように整備されたものではなく、黄色いペンキに縁取られただけのアスファルトだった。珍しい形のボートやヨットがいくつか停められ、そばには自由に使っていいサーフボードや、折りたたみ式自転車の置き場があった。年季の入ったそれらと並んで、真っ黒な仮設テントがいくつか並び、撮影機材らしきものを載せたカーゴや、果物やオードブルを載せたスタッフ用テーブルを、直射日光から守っていた。デートピアのスタッフらしい人だかりが、私たちに手を振り、微笑《ほほえ》んだ。わざわざ屋外で待たなくても、近くにガラス張りの立派なカフェがあるんだから、そっちにいればいいのに、と思ってよく覗いてみると、中でくつろいでいる人はスタッフではなく、客のようだった。いくら番組の貸切りといっても、特例で遊びに来られる金持ちの客っていうのはいくらでもいるらしい。船を降りると、なんとかディレクターだって名乗る男が、私たちを先導した。大きなポケットのついたアウトドアっぽい短パンに白いワイシャツ、金髪をサムライ意識のマンバンにした白人の男だった。「君たちは挑戦者ではなくサブキャストだ。顔をモザイクで隠してほしい人はこの項目にチェックを入れてね」契約書の挟まれたバインダーを差し出され、私は言われた項目にチェックを入れた。

私たちは、番組のどんな展開をきっかけに島へ呼ばれたのか、挑戦者たちとミスユニバースがどんな空気かも知らないまま、呑気《のんき》に歩いた。アスファルトで舗装された林を抜ける途中、椰子の木にプラスチックのボトルが取り付けられているのを見つけた。ココナッツのイラストと、小さなレバーがあって、どうやら備え付けの日焼け止めのようだった。「塗っておきたい」と何人かがそこに集まって、順番に日焼け止めをプッシュしていった。おそらくはミスユニバースが塗っていたのと同じ、冷たいクリーム色の塊をたっぷりと手のひらに受け止めた。「Date 5」の喧嘩のとき、日焼け止めをきっかけにミスユニバースの白人性を糾弾《きゅうだん》した男たちがどこまで理解しているか知らないけど、別に私たちだって、日焼け止めぐらいは塗る。「海に溶けても大丈夫な天然成分」ボトルに書かれた説明書きを、一人の女の子が読んだ。特に関心がある訳でもなく、ただ目に入ったものをとりあえず口に出して、疲れを誤魔化しているようだった。やがて木々のトンネルから海が広がって、プールと、パラソルと、ビーチが見えてきた。昼間なのに煌々《こうこう》と照らされた二つの撮影用ライトと、アパートのハリボテとの間に、男たちが集まっていた。

男たちは、そのときのことを語る。『新しい到来者たち』『実を言うと』『新しい彼女たちの方が』『全然安心する』『ミスユニバースは』『女っていうより』『女にニスを塗った』『レプリカみたいだから』。自分たちだって男のレプリカであることは棚に上げて、男たちは到来者である私たちのリアリティに高揚した。

男たちと合流し、すぐにあちこちで聞き取りきれないほど会話が咲く。そのなかに、おまえがいた。

「モモ」おまえは私の名前を呼んだ。

こっちの友達が発音する、柔らかく間延びした「モァモ」じゃなくて、「モモ」。歯切れが良くて、抑揚《よくよう》のない、日本にいたときの懐かしい音だった。お互いに腕を伸ばし、ハグをした。

「昨日データを輸送するための船がトラブったらしくて、昨日も今日もずっと撮休」。

昨日の話の続きだけど、とでもいうようにあっさりと日本語で話しはじめた私たちに、なんとかディレクターの男が関係性を聞いてきて、実は幼馴染《おさななじ》みなんだと教えると驚かれた。「友人のモモ。今はパペーテに住んでる。本当にずっと、いつからだったかも思い出せないぐらい古い友達なんだ」っておまえは、私のことを紹介した。

◇

じゃあ私も、モモも、そのときのことを語る。キース、おまえに睾丸《こうがん》を摘出されたとき、それは思っていたより深くまで、私の体に根を張っていた。おかげでおまえに引っ張られるたび、内臓まで一緒に動かされてるようだった。体の時間を止めるにはもう遅かったんだと思った。あれは痛みじゃない。麻酔が効いていて、痛みそのものはやってこなかった。まるで脳に届くまでの途中で、送信エラーが起きているみたいだった。

あの日、おまえがオペ室に選んだのはプール棟の更衣室だった。あそこは水泳授業のほかに、土日は区民プールとして開放していたから、学校職員も区の職員もお互いに管理を怠《おこた》っているふしがあった。それなのにやけに綺麗で、学校の中では確かに手術向きの場所だった。なによりあの日はシーズン前で、鍵を盗んで簡単に入ることができた。

色のないタイルが午後の日を綺麗に反射して、室内は眩しいカスタード色だった。おまえの肌そっくりの。ていうか、おまえの肌も染められていたかもしれない。今となっては分からない。おまえの肌には特徴がないから。誰にもばれないように電気を消したまま、太陽をライト代わりにした。おまえは光を背負って、手術を始めた。日のなかを塵《ちり》が泳いでいた。おまえの向きからは見えなかったかもしれない。ひとつひとつの塵はそれぞれに動き回っているのに、全体的にはだんだん落ちていくようにみえた。しんしんと降って、「おれの傷口に入ったら、やばい菌が繁殖するかもしれない」――ほんの一瞬そう想像したのをきっかけに、モモは少しずつ落ち着きを失っていった。

「早く切ってほしい」って急《せ》かしたら、

「もう切った」っておまえは答えて、指でオッケーの形を作った。摘出したばかりの睾丸を指に挟んで。

　こいつまじかってびっくりして、反射的に声が出た。いいから集中してくれって意味で、ノーサインを突きつけた。

　そのあとは、あらかじめ止血のために縛っておいた「精索《せいさく》」と呼ばれる管を閉じ込める形で皮膚を縫い、閉じ込められた「特殊な糸」は数日後に溶けて、無事に完治する……はずだった。それが正式な医療での手順らしい。モモは傷口を見ないように注意していたから、そんな手順は後になってYouTubeで観るまで知らなかった。クリニックの施術例らしいその動画では、傷口も小さく、出血もあっけないほど少なかった。中二だったモモは、正しい摘出の方法なんか知らなかったし、何より、中三だったおまえが、どこまでそれをやり遂げられたのか。

今だったら問題になるような暴力が、当時の学校にはありふれていた。一年生の階で、女子が廊下に並んだ日があった。スカートの丈を抜き打ちでチェックするために膝立ちにされていた。スカートの裾が床につけばセーフ、膝が見えたらアウトで、学年主任が剝《む》き出しの膝を「ハイビスカス」のものさしで次々に弾いた。全校集会で整形を晒された子もいた。ブスの代名詞みたいに苗字を囁かれる上級生だった。「大変残念ですが、反保《たんぼ》さんは休み期間中に二重《ふたえ》整形をしました。やってしまったことなので取り返しがつきませんが、生徒手帳に記載するまでもなく整形は禁止です。皆さんは真似せず、そのことにも触れないように」。先生の勧告通り、そして今まで通りに、三年生たちは反保さんのことを空気のように無視した。日曜日に野球部の監督をしているのは学校の職員ではなく、教員免許さえないような中年男で、どんな体罰も黙認されているらしかった。在日韓国人へのヘイトスピーチが全盛で、街宣カーの演説が授業を何度も邪魔した。明らかにAVの撮影だと分かる男女が、学校のすぐそばをうろうろしていた。いろんな種類の大人たちがそれぞれの縄張りで威張っていて、子供同士のいじめが過激化する余裕すらなく、みんな大人にびくびくして、受験教育に追い立てられた。やっていた悪さといえば、休み時間にシャーペンで刺しあって遊ぶぐらい。

はじめそれは、おまえの学年で流行っていた。とつぜん後ろから脅かす感じのノリで、シャツの上から相手の肩を刺す。アルミの先端を押し当てて、かちかちノックすると、芯はすぐ皮膚に押し返され、心地いい刺激だけが残る。そして十回に一回くらいの確率で、本物の針で刺されたような激痛に襲われる、それだけの遊び。当時モモがいた一年の階にもその遊びは流れてきて、みんなで刺しあっては壊れたおもちゃみたいに笑ってた。廊下でも、帰りの通学路でも、みんなやっていた。あるとき「おたくの生徒さんが帰り道に狩りみたいなことしてます」って近所の人から密告があって、自分たちのやってることを狩りって形容する善良な主婦の図を想像すると、なぜか異様に面白くて、またみんなで笑った。先生も本気で怒ってないどころか、なんならへらへらしてて、変なガスでも充満してたのかってぐらい。

だから、今でも信じていることがある。おまえは最初から怪物だった訳ではないということだ。少年時代に、同じく少年だった私の睾丸を摘出したおまえが、生まれながらに暴力的な傾向を持っていたとは、どうしても思えない。あったとしても、最初はみんなと同じ、シャーペンで友達を刺すぐらいの、まさにありふれた程度だった。

左を摘出したところで、モモがギブアップした。

おまえは目に自信を湛《たた》えていたけど、さすがに汗が浮かんでいた。カッターを置き、手術台代わりのゴミ袋のうえで、カッターはペシャッと音をたてた。カスタード色に眩しい室内には、同じくカスタード色のおまえと、おまえという存在を囲い込むための、髪の、瞳の、眉の、汗の、黒だけだった。宙に浮かんだモモの両脚だけが、そのどっちでもない色で、ココアを混ぜたような肌だった。

２０１２年。当時の池袋は、２０２４年のデートピアに負けないぐらい人種の多様化が進んでいた。おまえはミックスルーツの奴らとばかりつるんで、いつからかそれは「ハーフ隊」っていう、嘲笑とも憧れともつかない名前で呼ばれるようになっていた。モモが入学したときすでにハーフ隊は存在していて、おまえは貼り出された名簿の一覧をみて、教室の入口からモモに声をかけた。

「田中ミハエルってきみ？」

やけに堂々としたその言葉に、教室中に呆《あき》れたような笑いがさざめいた。その日だけで何人も同じ勘違いをしていた。田中ミハエルはモモじゃなくて、もっと目立たない、一見すると純ジャパにしか見えない生徒だった。それに気付いたおまえはすぐに田中ミハエルへの興味をなくした。「あそうなんだ」って。そして改めて、おれの名前を聞いた。鈴木《すずき》百之助《ももの　すけ》というフルネームからとって、モモ、とおまえはおれのことを呼ぶようになる。そして私も、つまりモモ自身も、そう呼ぶようになる。おれ、っていう一人称から、私、って一人称へのぎこちないギアチェンジを、モモっていう言葉がスライムのようにカバーしていく。一人称でもあるし、三人称にもなる。エゴとしての自分と、世界の一員としての自分を、両立させるための二文字。ピンク色で、弾力があって、どこの国の言葉ともつかない響きを、おまえは私の名前から発掘した。

放課後はみんなで西口まで歩いて、そっからたった一駅か二駅ぶん都会へ遊びに行くだけで満足していた。高田馬場のバスケットボールコートでも、学習院前の広場でも、ハーフ隊は珍しがられた。「背が高い」「まつ毛が長い」「鼻が綺麗」「目が人形みたい」「その体はチート」「おれもその遺伝子欲しいわ」「私も」「血、混ぜて」。モモたちは照れ隠しに、「エホバの証人みたいなこと言われたんだけど」って決まり文句で応戦した。おまえは「おれも一応韓国とのハーフだから」って自慢げに補足しながら、その頃からキースって、呼ばれてるのか呼ばせてるのか、とにかくそう名乗っていた。

「十三歳までに人を殺しておくべき、自分はもう十四だから」っておまえに言われたとき、モモにはそれがただの冗談で、少しも実感を伴わないものだと分かっていた。日本には、十四歳未満で人を殺しても刑事責任に問われない法律がある。だからといって殺したい奴がいるとかそういう明確な衝動があるわけじゃなくて、もしもそうした衝動を持ったとしても、児童養護施設に預けられたりはあっても基本的に国から容認される可能性があったっていう、その可能性がすごいよねって話だった。だけどモモは、なぜか胸騒ぎがした。良い予感も悪い予感も、いつも嫌な胸騒ぎからはじまる。時計の針が重なるのをじっと見守っているみたいな緊張感は、ひとつの予感に固まった。十四歳のおまえができない何かと、十三歳のおれがやりたいことは適応しあうのかもしれないって、モモは予感した。

「べつに殺したい人はいないけど、ヒゲが伸びてくるのが気持ち悪い」って、おまえに半笑いで打ち明けたのはそのあとだった。ガラガラの電車の中だった。おまえは黙ったまま、人差し指で座席にぐるぐる落書きしていた。何かを計画するときの、おまえの癖だった。

「体だけ時間を止めたい」ってモモは付け足した。そしたらおまえは指を止めて「睾丸を取ったら男性ホルモンが出なくなる」って一秒の隙もなく答えた。一番上のお姉ちゃん、メグの彼氏が整形の先生だから、そういうのに詳しいって。

おまえの家の二階は、二人の姉と、末っ子のおまえの部屋が並んでいた。いちばん奥の部屋が七歳ぐらい歳の離れた長女、メグの部屋だってことは知ってたけど、メグはもう二十歳を超えていて、家にはほとんど帰っていないようだった。一度だけ、メグの部屋に電気がついていたことがあって、今日はお姉ちゃんがいるのかって聞いたら、おまえはメグを呼んで、モモのことを紹介してくれた。扉から出てきたメグは、それはおまえのお姉ちゃんだから当然美人なんだろうけど、正直どんな顔だったか全く覚えていない。スヌーピーの世界の大人みたいに、顔のないグラマーって感じだった。

メグの彼氏は、たまにメグに麻酔をくれるらしい。メグはそれを、タトゥーやプチ整形に行く前に、Amazonで買った使い捨ての注射器でちょっと打ってから、家を出るらしい。もちろん親にはそんなこと隠して、いい娘、いい彼氏のふりをしてる。週末には庭でバーベキューをしにやってくることもあったし、おまえのことも登山やフェスに連れて行った。

そしておまえはその彼氏から、何に役立つのか分からない情報を色々ふきこまれた。手術用のメスはカッターとほぼ変わらないとか、十三歳のうちに人を殺してもほぼ無罪とか。メグの彼氏はそのあとに「おれはもういいおっさんだから」って続けたらしい。で、おまえはその部分を「もう十四だから」にしてそのままモモに流してきた。

なんの役にも立たないアドバイスにふんふん愛想笑いしながら、モモは指に生えている毛へ視線を落としていた。点とも線とも呼べるような、黒く細かい破片たち。これが今後どう成長するのか分からない。モモの父親は日本人だから、自分の完成形が、見えない。身長はすでに、おまえを越しはじめていた。体の時間を止めたかった。それでおまえにだけ、つい打ち明けたんだった。男の体になっていくのが気持ち悪い、体の時間を止めたいって。笑われるんじゃないかと思ったら、キース、おまえは睾丸を摘出するって言い出した。

摘出の後、家に帰るとトランクスが血で汚れていた。悪寒もだんだん出はじめて、おまえの手術もどきは明らかに失敗していた。誰もいないうちに、リビングの棚から保険証を抜き取って、電車で一駅、そこから歩いておまえの家に向かった。家の外からメールすると、おまえはドアを開け、黙って部屋に案内した。ベッドには黒に近い紺色のタオルが敷かれていて、モモはその上に座ってトランクスを脱いだ。おまえは四角い絆創《ばんそう》膏《こう》を一辺だけ剝がして形式的に傷口を覗いてから、もう麻酔は持ってないし、もしかしたら膿《う》んでるかもしれないからって、少し離れた町医者までモモをタクシーで運ぶことにした。

　はじめて行ったはずのその地域は、シャッターの降りた店や、数年前から増えはじめていた南アジア系のレストラン、大型のスーパーや歯科が並んでいた。あの辺のどの地区とも変わらない駅前をおまえに搬送されて「ミナガワ外科」という看板に到着した。そこは古い町医者で、全力でジャンプすれば屋根のてっぺんまで手が届きそうな一階建てだった。着いたらおまえはガードレールに跨《またが》ったまま、外で待ってるからって、お年玉の入った封筒を渡してきた。片足をガードレールに置いて、もう片足は宙に浮かせっぱなし。地面すら踏もうとしないその横着に呆れながら、モモは一人で診察室に入った。

　中年をちょっと超したような男の医者は、どうしてこんなことになったのかをしつこく聞き出そうとした。皮膚を大きく切りすぎてるし、こんなに雑な縫い方は存在しないって。医者の口調は穏やかだけど威厳があった。自転車の運転中に転んだとか、部活で怪我をしたとかの無味乾燥とした嘘《うそ》では済まさないぞって牽制《けんせい》しているようでもあった。先輩の彼女に手を出したからだってモモは答えた。そのケジメでやられたんだって。だから親には絶対に連絡しないでほしいって念押しした。いまどきそんなヤンキーもいないけど、この人ぐらいの年齢ならそんぐらいがリアルだろうなって考えた嘘だった。

医者はなにから驚いていいのか混乱するように、二回か三回、声にならない感嘆を空撃ちした。どこの学校かを聞かれて、地区で一番荒れている学校の名前を答えると、医者は納得したようにため息をついた。それから診察台に寝て、麻酔と抜糸と洗浄、一時的な再縫合が始まった。はじめから医者に摘出を頼んでいれば、皮膚の切開は二センチ、縫合は数針の、侵襲性が低い手術のはずだった。あんなに大変な一日は、本来なら経験する必要が、全く無かった。これで全部だと声がして、医者が手を離した。右はいつも通り睾丸が落ちる感じがしたけど、左は軽かった。

会計待ちのときにもう一度診察室に呼ばれて、手のひらより一回り大きいくらいの紙切れを何枚か貰《もら》った。虐待やいじめや、他にもいろんなケースに応じた通報先やカウンセリングの案内だった。目を通しながらシャッフルして、一枚のカードで手が止まった。〈他人を攻撃したくなる／自分を傷つけたくなる〉という太字を見て、そのカードを一番上にしてから手のひらで角を整えた。おまえに渡すために。

カードの束を渡すとおまえは、ほとんど見ずに折りたたんで、大丈夫だったかって聞きながら銀色の錠剤パッケージを割った。コンビニか薬局で買ってきたらしいバファリンだった。モモはなぜか不機嫌になれる許可を得た気になって、大丈夫なわけないだろってことをできる限り悪い言葉で言った。それからおまえの錠剤に手を伸ばして、汚いものに触れるみたいに、指先のふくらみに銀色の尖った角を食い込ませた。

後ろから呼び止められて、振り返ると医者だった。処方箋に間違いがあったと言って交換しにきたけど、あれは嘘だったと思う。子供が一人でやってくるはずがないから、外で待っている誰かを確認するためかもしれない。遠ざかっていく病院の入口で、医者が両手に腰をあてたままこっちを見ていた。丸いメガネに西日が反射して、その奥でどんな目をしていたのかは見えなかった。

もう日が傾いているのに、二人とも何も食べていなかった。近くの日高屋に入って、味噌《みそ》ラーメンとバターを頼んだ。医者の応急処置のおかげもあって思ったよりあっさりと痛みが引いて、モモはもう機嫌が直っていた。おまえも昼から漂わせていた自粛ムードをすっかり消して、いつもみたいに調子良くいろいろ喋《しゃべ》っていた。

「〝暇な手には悪魔が宿る〟っていう諺《ことわざ》があるんだって」麺をたぐる手を止めて、おまえは手のひらを見つめながら話しはじめた。

「うん」

「だから、昨日はなるべく手を休めないように頑張ったんだけど」

「うん」

「でも無理だったわ。医者じゃないし、そんな上手くはいかないわ」

「切ってるとき躊躇《ちゅうちょ》しなかったの？」

「おれがやんなくても、誰かがやる訳だし」そう言って、おまえは麵をかき混ぜた。

「誰かにはできる訳じゃん」そしてすすったスープにむせながら「やらずにおれんしょ」と付け加えた。

あのときのおまえは勘違いしている。「暇な手には悪魔が宿る」っていうのは、「手を休めると失敗する」っていう意味じゃなくて「人間の手がそもそも悪魔の仕事場」ってことだ。何もしてないいつものときこそ、悪魔の片棒を担いでいる。そういう意味の諺。

もちろんミナガワ外科は、うちの父親に連絡をした。

家に帰ると、テーブルにパパがいた。昼まで散らかっていたテーブルは、まっさらに片付けられていた。四人がけのテーブルを、うちはパパとモモとで二人分しか使わないから、いつもは半分ぐらいの面積がA４用紙の山に占領されていた。英語やフランス語のエッセイだかコラムだかを、パパがプリントアウトしたものだった。「休みの日にゆっくり読めるように」って、ネットで見つけた記事を溜めっぱなしにしていたのに、その日は綺麗さっぱり撤去されていた。モモとちゃんと話したいって決めたときには、そうやって環境整備をしたがる人だった。たぶん彼の中で、真面目な話をするときはテーブルが片付いてるものだっていう刷り込みが入っちゃってるんだと思う。それが舞台演出と同じように作為的な行為だっていう自覚すら、彼にはなかったんじゃないかな。

親っていう生き物は、子供のために受験勉強や部活をやらせたり、ひどい場合は整形や脱毛もさせて、体も心も、可能性だってどんどん改造していく。だけど子供が自分の希望で睾丸を摘出することには、きっとほぼ確実に反対するし、当時ならなおさら、理解すらされない場合のほうがずっと多かった。だから、おまえの提案が急に現れたとき、そっちに賭けたいと思ってしまった。

でもいちばん苦しかったのは、うちのパパはそういう親じゃないってことだった。パパはそういう、いわゆるな毒親じゃなかった。整形を促《うなが》したり、受験戦争に巻き込んでいくような人でもなかった。習い事すら強制されたことはなかった。世の中の親全般に対するこんなもんだろうって諦めと、パパ個人は、どうしたって違った。「そっちがおれを改造しようとするなら、おれも自分で自分を改造するから」ってロジックに持ち込むための決定的な落ち度が、うちの父親にはひとつもなかった。真面目で、バイトしていた語学学校で学生と恋に落ちて、子供を産ませて、それから逃げられただけの、ほんと真面目な人。

彼は自分の息子がどんなケースにあてはまっているのかも、きっとなにかで読んだことがあっただろうし、そういうときの親としてあるべき受け止めかたもインプットしていたみたいで、あんまりそこには触れてこなかった。その代わりなのか、彼はずっと「どうして親に相談しないのか」ってことを聞いてきた。っていうか、言ってきた。

「モモくんがそういう子かもしれないってことは、正直に言うよ。パパもなんとなくわかってた。もう疑ってない。悪いとも言わない。でも、モモくんさ、君まだ子供なんだよ。まだ迷ってる途中ってこともありえると思う。だけど体にメス入れるっていうのは、取り返しがつかないんだよ。パパに相談するべきだったと思う。体を切り取るのは……だってそれ、やってることだけ見たら暴力みたいなもんだから」

「暴力」モモは鼻で笑った。

「そりゃ親からしたらそうだろ。おれ何か、おかしいこと言ってるように聞こえる？　悪いけど、普通の家だったらもっと理解ないと思うけど」交渉でもするみたいに口が歪《ゆが》むのをみて、モモは自分が侮られているように感じた。

「ああ」

暴力。父の言葉が、モモの頭にこだましていた。

確かにそうかもしれないとモモは思った。

「じゃあまあ……」

「ご理解ありがとうございますって感じだけど」

暴力。それ、よく知ってる。

「あの、さあ！」パパが声を張った。「そういう態度、やめてくんない？」

暴力ってモモからすると、パパが一緒に並んだとき、すくすく育ったねって感じでこっちをみてくる、そのきらきらした瞳の呼び名だった。

「体切んのが暴力なら」

「うん」

「背伸ばすのも暴力じゃないの」正論すぎることとって、ぶっ飛んで聞こえがちだから、モモはあえて不貞腐《ふてくさ》れたような態度をとったんだと思う。

「ん、どういう意味？」

「パパだってモモのこと無理やり成長させて、超喜んでくるじゃん」

まるでモモの声があまりに小さくて聞こえなかったかのように、パパは机から身を乗り出した。「ああ、そういう意味？　え、なに。じゃあ、おれがおまえのこと食わせて？　ここに住ませて？　寝かして？　学校通わせてんのも暴力ってこと？　おれが十年以上ずっとやってきたこと、暴力？」仰天しましたと言わんばかりにパパはのけぞって、振りかざした手でそのまま髪をかき上げた。まだ白髪の一本もなかったセンターパートがムチのようにしなった。モモに少しも似ていない髪。髪だけじゃなくて、顔だってモモとは全然似てなかったし、とうとう現在まで似ることはなかった。「まいったね。別に辞めてもいいけど……辞めらんねえもんなあ。親の義務だからなあ」なぜか照れたようにもみえる表情で、パパは言った。親という生き物がよく口にする「義務だから」が「愛してるから」の裏返しであることぐらいモモだって知っていた。そうやっていつも先に根負けする人だった。口喧嘩しても、なんの手応えも感じなくなっていた。

「親の、監督責任」

習字の言葉でも読みあげるみたいに、パパはひとつひとつ発音した。

監督って？　誰のための監督？　上には誰がいるの？　パパは誰に、それを任されてるの？――そんな疑問、当時のモモには思い浮かばなかった。モモにとって「監督」っていう言葉はサッカーや野球みたいなイメージとしか結びついていなくて、モモが選手で、パパはコーチっていう、そういう単純な構造しか想像しなかった。親たちが負っている監督という役割が、独立したチームのトップではなくてむしろ中間管理職に近い意味なのだということを、あのときは想像もしていなかった。

「じゃあいいよ、暴力だとしようよ」ゆるく握った拳で、パパは机をころころ叩いた。「それもこれも、暴力なのな。でもじゃあさ、なんでパパはダメで、彼だったらいいわけ？　そこはどう説明すんの」

ミナガワ外科は父に、同伴者の存在も伝えていた。それが誰かなんて、パパは聞かなかった。誰が一緒にいたのかなんて明らかだった。

「汽水くんの家に電話するよ」って父親が宣言して、席をはずした。「黙ってんなら」

肩を軽く回してから、パパは携帯電話の番号を探った。その口調に込められていたのはキースのいじめを疑ってるとかそういうテンションじゃなくて、嫉妬だった。あの日、パパはおまえに嫉妬していた。それで親同士でどういう話になったのかは分からないけど、警察とか裁判とかの話より先に、おまえの家に集まることが決まった。ケータイを没収されたせいで、おまえと口裏を合わせることはできなかった。

その夜、パパと一緒におまえの家へ行った。

ベッドタウンにありがちな、コピペみたいに並んだ新築の家。縦に長い三角屋根の家を、パパは眺めていた。ピンポンを鳴らしてドアが開くと、おまえのお母さんもお母さんで、もう初手から泣き腫らしてて、アイメイクもじわじわに滲《にじ》んで、すごい完成度だった。ああ、キースは全部を話したんだなって、その一発目で理解できた。そのとき、お母さんの目はすぐに泣くのを忘れて、うちのパパの足元をギョッと凝視した。

父親はあの夜、ヨレヨレのビーサンを、選んでいた。あれはわざとだった。いい大人がよその家へ訪問するときにビーサンなんて、どうして？って、聞かれたがってるみたいに。「こんな緊急事態にそんなこと気にしてられないだろ」って言うための、きっかけ待ちみたいに。カバンも持たずに、モモと話した内容をメモしたA4の裏紙だけをペラッと手に持って、やっぱり無意識に演出してた。おまえの家のほうでも、リビングのテーブルはやっぱり片付いていて、キースが待っていた。キースのお母さんはモモとパパにひとつずつ、麦茶の入ったコップを手で渡した。おまえのお父さんは、初めて来たときから遺影だった。

ドアからテーブルまでのすごい短い距離のなかで、パパはモモのことを追い越して、おまえの正面に座った。そして、おまえから目を逸らそうとしなかった。

みんな気が重いながらに、話しあいが始まった。

モモとおまえはぶっつけ本番で供述を合わせていった。「モモからキースに頼んだ」ってことを強調して、麻酔については「氷で冷却」したことに変えた。「縫い糸にはデンタルフロスを使った」っていうのはモモも、そのとき知った。

その壮絶さに、キースのお母さんはティッシュを何枚もおかわりした。

うちのパパのほうは、ひたすら全員に向かって問いかけていた。しかも同じ質問を、それも「問い1」みたいな質問を、何度も何度も繰り返した。

「何があったの」

「分からないな」

「知らないといけない」

「何があったのか、もう一度教えて」

「もう一度整理させて」

「なんでそんなことになったの」

パパはまるで、自分の納得度合いにあわせて世界のスピードを遅らせようとしてるみたいだった。雲を摑むような話っていうけど、パパの両手はほんとに雲を摑もうとしているみたいにイライラ揺れてた。あのとき思ったのは、人は事実報告だけじゃ、なにも納得できないんだなってことだった。

その癖パパは、話にピー音が入るのを避けるみたいに、決定的な言葉を使わずにあれとかそれって言い方を多用した。

「なんで汽水くんにそれを頼んだの」

パパが一言聞いて、沈黙になった。

「仲が良かったから？」

またパパが質問して、沈黙。

「それだけでそんなことになりますか？」

ってパパがみんなに向けて質問して、

「答えなくていいよ」って突然、おまえが喋った。

「さっきからちょいちょい二択みたいなこと言うけど、どっちにイエスって言っても、モモのお父さんは『子供だから駄目だ』って言いたいだけならそれ罠《わな》だし、おれたちはそういうのじゃないのに、これじゃあモモが気の毒過ぎます」

確かに、ってモモは思って、この議論がトンネルを抜けるような気がした。けれどもちろんそうはならなかった。

「うん。そうだよ。『子供だから駄目』って言いたいんだよおれは。わかってるじゃん。その上で君たちに聞きたいのは、それ取るっていうのはさ、そんなの誰にでも頼むようなことじゃないですよねって……あのさお母さん、そろそろ落ち着きましょうよ」

おまえのお母さんは声が漏れるぐらいにしゃくりあげていた。

　ったく、と溜息混じりにパパが呟いた。「自分の息子が犯罪者になろうかっつうのに、お母さんもしっかりしてよ」

犯罪者、という言葉にキースのお母さんは視線を動かした。ショックを受ける様子はなく、とうとう来た、という諦めが小さな瞳に映っていた。それからお母さんと目が合った。とたんにモモは罪悪感に見舞われる。これはすごく特殊なケースなんだ、モモがいるせいで拗《こじ》れてしまった、すごく特殊な事例なんだ、って申し訳ない気がしてきた。

　パパのほうを向かないで、モモは独り言みたいに呟いた。「モモ的には別に、やってよかったと思ってるけど」

　パパは顔を赤くしてまくし立てた。「だから、君にそんな判断能力ないの！　自分が冷静だと思ったら大間違いだから。おまえどんなに冷静なつもりでも、今判断したことって絶対に間違えてるもんなんだよ。そういうもんなの。後悔しない人なんていないんだよ。大人たちが口酸っぱく言ってるのは、みんな失敗してるからって、言ってるじゃん。そのときに、君まだ取り返しつけらんないでしょ。まして子供同士でセックスだか解剖みたいな真似して……そんなもん禁止されない理由がないだろ」

「セックスどうこうって」おまえが口を挟んだ。怒りで力がこもるといつも、顎がしゃくれて、歯ぎしりみたいに動いた。

「ん？」パパは、少しの間おまえを睨《にら》んだ。「ごめん、何？」

「いや別に、なんか話ずれてんじゃねえかと思って。セックス禁止どうこうって、やってないことを勝手に足されてもって感じだし、てかそれって妊娠するからって話ですよね。男同士でまずセックスとかしてねえし、変態じゃねえから。妊娠もしないすけどね」道に落ちている汚物を避けるような目つきで、おまえは早口に喋り、鼻から息を漏らした。

「あのさ、妊娠だけじゃないんだよ。感染症も精神的ダメージもリスクが……っていうかもう井矢さん、息子さんにどっから教えればいいんすか」パパは最後だけ汽水のお母さんに向かってノリツッコミみたいに言ったけど、怒っているのは明らかだった。

殺菌すればよかったですか、というおまえの挑発を半分も聞き終えないうちに、「殺菌できんのかよ！　ガキが。おい。おまえ医者か？　医者かよ。何様だよ」ってパパが怒鳴り散らした。膝がテーブルにぶつかって、がつんと揺れた。

キースがそれに応えるように、手元のコップをひゅって投げた。コップは弧を描き、モモとパパの頭を越えて、テレビのほうでがしゃんって割れる音がした。大人の男を直接相手にしてここまでコケにできる子供を、モモは初めて見た。おまえがすごいのか、それともパパが普通の父親らしさとはちょっと違うからなのか、モモは少しそのことが気になりはじめる。ちらっと横を見ると、パパはラルフローレンのポロシャツにもちろんノーブラで、ノーブラだなってことを意識してしまうぐらいには、たわんで乳首の浮いている、要するにおじさんっぽい胸を荒く上下させていた。

「お母さん分かるでしょ。もう息子さんおかしいんだよ」パパは呼吸を取り戻しながら言った。パパはなぜか、キースのお母さんには物を教えるような口調で、まるで四人家族の父親にでもなったような態度だった。もしかすると、父は生き生きしていたのかもしれない。「だいたいおまえら、何だよあれはダメですかこれはどうしてダメですかって、幼稚園児かよ。この期に及んでよくそんな余裕ぶれるよな。おまえらだろ、そもそも先回りしてこそこそ隠れ回ってんのは。ほんとは分かってんだろうがよ。あのなモモ。モモさんさ、おれ好きでこんなことやってるんじゃないんですよ。夕方も言ったけど、これおれの義務なんだよ。本能的にやってることなんて一個もないからね。今だって、抱きしめたくても、もうそれも躊躇してるんだよ。考えてるんだよ。そういう息子ノリみたいなこともこの子はずっと嫌だったんだろうなとかさ。おれずっと必要最低限のこと以外、何も口出ししなかったじゃん。それと同じだよ。大人になるまでは、ちょっと選択の余地を残してあげたいとか、おれなりに色々考えて、今は何もしないほうがいいかとかを」

「何もしないほうがいい？　何もしないはないでしょ」キースが横からまた食ってかかった。「本当は色々できたんじゃないの」

パパは話が逸れるのを恐れるように、俯《うつむ》いたまま返事をした。

「色々って？　君がやったようなことをですか？　それ介入って言うんじゃないのか」

「別にお父さんだって、何もしないってこと、ないですよね。手術とかそういうのをさせないってことをしてますよね。こうゆう未来もあるよって情報を教えないってことを、してますよね。大人になるまで待ってほしいとか言うけどそれ、あわよくばそのまま男でいて欲しいって思ってんじゃん。あんたの何もしないって、色々やってますよね」

パパは黙っていた。

「おれはちゃんとやりましたよ」おまえがまっすぐパパをみて言った。「そういう友達いたら」

だっ、とパパは吹き出して、髪に勢いよく指を通した。

「べつに子供なんて男でも女でもいいんだよ」疲れ切ったようにパパは笑った。「っしょーじきな話。血まみれの赤ん坊が命がけで産まれてきて、それみて男か女かなんていちいち考えないだろ。それが本当の気持ちだよ。これが本当の親のエゴ。自分の子供なら、親は正直どっちでも可愛いです。まじでどっちでもいいの。親だけの気持ちでいったら、ね？　でもさ汽水くん、そんなふうに子育てって決めれないんだよ。君もいつか子供持つか分かんないけど、その子が何をもって幸せかって、親が決めてはいけないんですよ。何をもって健康で、何をもって幸せと定義するのかって、あらかじめ基準がいっぱい決まってるんだよ。

いま、出生前診断っていうので世界的に障害を持った胎児の中絶が増え続けてるっていうのがあるんですけど……年々だよ？　それは生まれてくる前の段階から、こうあるべきってことが決められてることとも関係があるんだよ。これ綺麗事じゃない。ハーフの子供だってそう。同じようにうんと中絶の対象になってる。汽水くんやモモと同じような子供たちが、生まれてからも児童養護施設にたくさん預けられている現実があるんだよ。君のとこだって、お姉さん二人いるよね。それで末っ子の君が生まれて、その下にはもう、誰も生まれていないよね。そういう男の子が末っ子のきょうだいってすごく多いよ。多いけど、だからって親御さんに全く愛情がない訳じゃないでしょう。むしろ逆だよ。食い物ひとつとってもそう。この子にいいものをたくさん食べさせてあげたいって気持ちで与えるものが、本当にその子供にとって良いものなのか。油断したら中毒を起こすかもしれない。それを一個一個、親だけで判断するなんて、とても恐ろしくてできないんですよ。絶対に親だけで決めちゃいけないんだってことを、子育てしてると何度も思い知るんだよ。親なんてな、子供のこと、ほぼひとつも決めてあげられないから。こうすべし、っていうマニュアルを一個一個執拗《しつよう》に潰しながら参照するしかないんだよ。男に生まれたら男に育つのが健康っていう、それが今のルールなら、おれはまずそれを参照する。僕はなるべく、自分の一番大切な子供がそうなれるように、監督する責任がある」

父の後ろにある根拠のようなものが、このときまではっきり見えなかった。大きすぎて、当たり前すぎるがゆえに、それが何か分からなかった。父が根拠にしていたものが、今なら分かる。それは国だった。国のルールと一致していれば、暴力は暴力にならない。モモの血や、肉や、骨を育んで、そのなかに本来のモモを囲おうとしてきたことも暴力ではない。モモの未来の姿を「心」っていう形のない形に拘留していたことも、どこからどう切ったって暴力にはならないのだ。

「家族って、国から人預かってるようなもんだからね。それを邪魔するものは、全部暴力なんだよ、それが暴力の定義。それに」

「もういいですよ、耳にタコできてるんで」おまえはパパの言葉を遮った。「別にそんなの、うちの父親もそういう感じでしたから。やたらと断言ばっかする割には根拠は全部世の中任せで、読んだこともない法律とか儒教とか色々パクって説教ばっかして、自分は忠誠つくしてます、これも全部国のためなんです、女に中出しするのも子供育てるのもこれっぽっちも楽しくなんかありませんって顔して、見ててこっちが死にたくなるすけどね。いっつも不機嫌な顔してペラッペラペラペラ、被害者意識の犬っすね」

「気は済んだかな」パパが真一文字の口を無理やり引き上げて、あなどるように頷《うなず》いた。「汽水くんがうちの息子だったら、もっとやりあってあげたけど。でも、もう熱くなれないわ、だってうちの子は、もっと大変なんだもん。君よりも。これからどれぐらいの治療が必要になるか分からないから」

お母さん、台拭《だいふ》き借りますね。あっ、ええどうぞ。やけに優しい声で大人ふたりが囁きあって、パパは床に飛び散った麦茶を拭きにいった。濡れたタオル生地は麦茶を吸うどころか、むしろ塗り広げていた。あとでお母さんが掃除することになったと思う。ったく、またパパが漏らす。「最初っから部活でもやらしときゃ安全だったのに……」床に転がったコップを拾って、パパは聞こえるように呟いた。「お母さん、この子もう手に負えなくなってるでしょ」

キースのお母さんは、あの日ずっと、うちのパパに逆らわなかった。対話を諦めて、はい、と頷いた彼女の表情は潔くさえあった。父はおまえを壊すために、おまえの母親を使っていた。お母さんの口から、正式におまえを排除させるために。

けれど、おまえも諦めなかった。「いやここで部活神話とか」そう鼻で笑いながら、露骨に眉間を寄せてみせた。「このまえ、野球部の主将が、あんたがやらせるべきだって思ってる野球部活の、いちばん偉い主将が、自分の腕を切りまくってましたけどね。きっかけは、まず、休み時間に陰キャの女子が何人かでリスカメイクしてたんですよ。マジック使って。で野球部の男子でやくざの息子がいるんですけど」。

「え、宮部？」モモは聞いた。

「そう、野球部の宮部と山﨑、ほんと最近キちゃってて」その瞬間だけ、おまえはわざと楽しそうに、乾いた声を上擦《うわず》らせた。それ以外のすべてが退屈だってことを際立たせるように。「宮部がその女子たちのとこ通りかかったとき、カッターで自分の腕に一本切れ目を入れて、なんかすごい空気になって、最初はみんな引いて、でも驚いて、こいつすげえみたいな空気になったら、そこに山﨑裕介が急に絡んでいって、度胸自慢みたいに自分も真似したんだけど、そっから、交互に一本ずつ、自分の腕に傷入れていったみたいで。で、おれらが先生呼んで教室に戻ってきたときには、もう床が血の海になってて、二人とも今でも両腕包帯でグルグル巻きだけど……さっき言ってた部活って、そういう猿みたいな奴らのやる、それのことですか？　部活って、そんな良いもんじゃないと思いますよ」おまえはパパの様子を窺うように、目だけを一瞬見開いた。

パパはうんうん、と食い気味に頷きながら、キースが話すのを聞き流した。

「自傷による力の誇示でしょ。あるよ、ある。でもそういう単純なのは大丈夫なんだよ。数年後会ってみたら絶対普通になってるよ。むしろ社会出てからも頑張るんだよそういう奴らは。本当に危ないのはさ、もう夜も遅いし失礼するから言うけど、おまえみたいな奴だよ。自分でも分かってんだろ。汽水くん。私が今日ここに来る前からずっと気になってるのは……お母さんの前で悪いけど、ずっと聞きたくても恐ろしくて躊躇してたのは、モモのことじゃないよ。おまえだよ。おまえが何考えてたかってことだよ。うちの子の体を六センチ以上も切り裂いて、二つしかない臓器のひとつを抉《えぐ》り取ったときにあんたが何を感じてたのかってことなんだよ。そんな奴がこれからどう育つかってことだよ。それが一番おぞましいよ。怪物だと思うよ。百之助の前で本当に言いたくないけど。言うよ。楽しんでたんだろ、おまえは。人を取り込んで、おもちゃみたいに改造して、まんまと役に立ってるような気分味わって、本当は気持ち良かっただろ。

分かってる、性欲とは言わない。性欲とは言わないし、もしそうだったら一番最悪だよ、考えたくもない。うちの子がそんなことに利用されたなんて。だからどんな理由かはもう黙っててくれ、一生。理由は何でもいい。結果どうだよ。気分良かっただろ、生きた人間を切ったり縫ったりして遊ぶのは。それでいて相手は逃げもしないで猫みたいに自分のこと頼ってくれるんだから、可愛くてしょうがないに決まってるよそりゃ。上《う》辺《わべ》だけモモくんのためみたいなフリするなよ。もう一回言いますよ、うちの子供を盾にしないでくれ」

「モモは」背後から聞こえる父の声が止むと、モモは口走っていた。「信じてるから」

「モモ。お待たせな、そろそろ帰る準備しよう」

一時間近く、四人はそんな具合だった。メグが現れるまで。上の階から恐る恐る降りてきたメグがみんなに麦茶を注ぎ直して「私もただ、専門学校で臨床心理関係の勉強をしてるだけの身なんですが」と前置きしながら、自傷と他傷とか、体の性、心の性とか、そういう当時っぽいタームを交えながら、あまりにショッキングなことは本人たちもよく覚えていないということとか、問題があるのはモモよりむしろおまえかもしれないってことをすごく低姿勢に話しているうちに、なぜか父は反論もせずにあっさりと受け入れていった。

それにしても、兄とか姉が多い家って、やっぱ有利だよなって思う。きょうだい同士で上手く結託すると、だいたいのトラブルは丸く収めていけるんだなって。そうやってしっかりコミュニケーションが取れてるつもりのまま子供が一人ずつおかしい方向に行ってても、親は意外と、深く悩まずにやっていけるのかもしれない。

最後にメグは、父に向かって深々と頭を下げた。

「私が言うのもなんだけど、裁判になっても仕方ないと思っています。母もちょっとこんな感じなので、だから今日は、お引き取りください、ごめんなさい」

どうでもいいけどメグのTシャツにはでっかく「婆」って筆文字がプリントされてて、胸のせいで大きく張り出したその文字をずっと見つめているうちに、周りに描かれてい

る ハイビスカスやサーフボードのイラストからして「婆」っていうのは縦に読んで「波女」、つまりサーフィン女子みたいな意味のスラングらしいことが分かってきた。

「今日は部屋の片付けに寄ってて、来月から湘南《しょうなん》に引っ越すんです」ってメグは声をひそめながら、それでもうきうきした感じで言って、パパは「ああ、それは」って、初めてほんとの笑顔をみせた。

それからモモが思春期抑制剤を処方されるまでにはパパの執拗なチェックがあって、パパは週末のたび、モモにそもそもの異常がないかどうかを調べに病院へ連れていった。二人は学校以外での接近禁止を言い聞かされ、親たちの間で裁判や示談の手続きに進んだかどうかは聞かされないまま、六月になって、大きな台風が東京を通過していった。


メグが正式に彼氏と住むことになって、おまえはダンボール箱ぐらいの小さな冷凍庫を引き継いだ。メグのハーゲンダッツ用、一応はそういうことになっていた、謎の小型冷凍庫。おまえがベッドの隅に隠したその冷凍庫の中には、メグの残した抹茶《まっちゃ》味ばっかりのパッケージと、ジップロックに入った砂肝《すなぎも》みたいな塊があった。モモの睾丸だとすぐに分かった。

「これ、貰う前はどうやって保存してたの?」

「耐熱のマグに保冷剤と詰めてた」

「まじか」

モモは冷凍庫の底に指を伸ばし、ポリエチレンの膜をつまんだ。重いのか軽いのか分からない、それでも確かに重さのあるそれを引きあげようとすると、指は震えとこわばりのあいだのような独特な動きをした。蛍光灯にかざしてジップロックをピンと伸ばすと、霜と水滴に覆われた睾丸がはっきり確認できた。

おまえはすぐにジップロックを優しく取り上げ、驚くほど慎重な手つきでそれを冷凍庫に閉じ込め直した。素直に嬉《うれ》しいと感じるほどは馬鹿じゃなかったけど、それでも意外な感じがした。ポーズで敬意を払うことなんてしないおまえが、ただの残骸を丁寧に扱っていることに驚きがあった。部屋の隅にある一六インチぐらいの液晶テレビには、TSUTAYAで借りてきたクソ映画が流れっぱなしになっていた。北欧神話か何かを下敷きにした物語で、キャラクターの誰かが死ぬたびに地割れが起きたり、火山からマグマが流れたり、嵐が何日も続いたりした。「なんで人が死ぬだけのことがこんなに大ごとなんだろう」ってモモが質問してみると「多分これって人間ってもんが作られた超初期だから、ひとつの命に対するショックの比重がでかいんじゃない？」っておまえは言ってて、それは確かにしっくり来た。

「なんでハーフ隊ってできたの」

「好きな人々とつるんでたら勝手にそう呼ばれてるだけでなんも思惑ない」

「白人と黒人どっちが好き」

「うーん」

「じゃあ男か女か」

「あんときさあ」話を仕切り直すようにおまえは言った。「モモのお父さんが言ってたあれじゃないけど」そう言っておまえは笑った。「赤ちゃんが男でも女でもいいみたいなこと言ってたじゃん。その感じじゃないけど、確かにおれも、その辺の犬見て白いのも黒いのも、斑《ぶち》になってんのも全部可愛いってか、男も女もそう。犬見て、まずオスかメスか考えんしょ。そういう感じで、全部可愛いっちゃ可愛いよな」

馬鹿にしてんのかって愉快にすらなってくるような雑語りに、「何それ、じゃあ犬とやれんの?」ってモモが笑い返すと、

「そんときは、おれも犬だから」っておまえは答えて、思い出したようにケータイを取り出した。二つ折りの携帯電話をバリッて軋《きし》ませながら開くと、おまえの目は微妙に大きくなった。「まあでも圧倒的に9対1で女のほうが好きだしおっさんとかはやっぱ無理だわ。だし男って結局、一人の相手だけじゃ満足できない生き物だと思うしね。だから誰が好きとかどういう人に興奮するみたいのって、あとで合計出さないと分かんねえよな」って独り言みたいにすらすら喋った。そして視線は携帯に固定したまま、声だけがこっちを向いた感じがしたんだった。「だからモモ、右側の摘出はいったんタイムに

しよう。おれたち、やったことは同じでも、意味が違いすぎてる。おれはもう、あと一回ではやりきれないと思う」

スースーか、それともヒュルヒュルか、どっか遠くから音が漏れ続けていた。どこかに隙間が空いてるんだと思った。あの一件でおまえが手に入れたものは、モモとの絆だけ。失ったものや覚えてしまったものに比べて、それがあまりに足りないってことは、残念ながら明らかだった。

「あ、そろそろ行かないとかもなあ」声だけは穏やかに装っていたけど、おまえはせかせか動きはじめる。焦っているのとも違う、むしろやるべきことを完全に段取っているときの自動操作《オートモード》っぽい機敏さで、パーカーを羽織り、フードを被りながらリュックに手を伸ばす。「一時間ぐらいで戻るけど、どうする？」

「どうするって、じゃあ帰りますけど」モモは鼻で笑った。「てか何しに行くの」

「ちょっと前から試しててさ」

「何を？」

「暴力から暴とれないか」

すぐには意味が分からなかった。

「ほんと全然あの、ごゆるりとって感じよ。もし誰か帰ってきたら、こっちから降りて」

わざと軽妙にそう呟いたおまえの、視線の先には窓があって、闇が広がっていた。あの日以来、接近禁止を言い渡されたおまえはモモを窓から招き入れるようになっていた。非常用ハシゴがずっと埃《ほこり》をかぶって掛けられたまま、それを助けてくれた。そして今度はその窓から、おまえが家を抜け出すときだった。両方の親たちから拒絶されて、監督責任に失敗したと判断された子供。これじゃあ国に申し訳が立たないって親たちが狼狽《うろた》えている間に、おまえのほうは早々に見切りをつけていた。追い出される前に、別の国に入ればいいって。鍵を開けて窓ガラスをスライドすると、ヒュンという音とともにカーテンが網戸にへばりつく。吸い込まれるようにおまえはベランダを乗り越え、庭に飛び降りて、駆けていった。モモが驚く暇もなかった。強風がぶかぶかのスウェットをぼこぼこに波打たせて、散弾銃を浴びせたように輪郭を壊す。あのときモモは、おまえが野放しになったように感じたけど、後になって思うのは、あれは野放しじゃなくて野晒《のざら》しだったってことだ。瞳が陽射しに晒されてだんだんと破壊されていくみたいに、おまえはおまえを晒し尽くして、消耗させようとしていた。全部を使い果たすための、延々とした自殺が始まっていた。やがてそれは旅になる。暴力から暴を取ってくれる場所を、おまえは別の国を目指して、旅を始めた。いずれデートピアにも辿り着くことになる旅。いつのまにか冷凍庫はぴったりと蓋を閉じられ、右の摘出をする予定について、おまえが何かを話すことは一度もなかった。

「睾丸を摘出する少年」についての噂がネット上に現れたのは２０１２年7月。その時期から約二年にわたって、おまえは何人もの男たちとコンタクトをとり、金と引き換えに睾丸を摘出していった。〈麻酔なしで睾丸を摘出してくれる男子中学生がいる〉〈カッターナイフで上手に切れ目を入れて、睾丸を切って持ち去っていく〉。おぞましいとしか言いようのない噂が、性的な出会い目的の掲示板を中心にいくつも湧きはじめる。性行為としての睾丸摘出は男女間でも行われるらしくて、「睾丸を摘出する少年」を求めた男たちもまた、目的は性別適合なんかじゃなくて、明らかに子供との性的接触のようだった。何年か後になってモモがその事実に辿り着いたとき、確認できた投稿で最も古いものは２０１２年の7月31日。明らかに嘘だと思える投稿も紛れていたけど、そう思えるのは、おまえの特徴と照らし合わせてのことにすぎない。「睾丸を摘出する少年」についての噂の中で、何度か登場していたのは、通称「レゴ公園」だった。

レゴ公園はおまえの家から一キロもない距離にあった。体育館の四分の一くらいしかない長方形で、四辺のうち三辺を民家に囲まれた、空き地というか、窪みのような空間だった。小学生でも走り回るのに足りないぐらいの狭さで、そこを遊び場にする子供はほとんどいない。入ってすぐのところに砂場と、誰か偉人らしき名前の彫られた石碑みたいなものと、そして通称の由来になっているトイレが、ひとつあった。レンガを積み重ねた外壁と、ピラミッド型のでこぼこした屋根は、レゴブロックの家を原寸に戻したようだった。壁は異様にビビッドな黄色で、屋根は同じく異様にビビッドな赤色。子供向けアニメでもなかなか見られないほど典型的な「家」の色そのまんま、突き抜けるぐらいに幼稚な外観で、モモをはじめとした子供たちはそこを通るたびよく、犯罪者アートを目にしたような警戒心に足を阻《はば》まれた。

　夜、たぶんおまえはその中で、何人もの大人から睾丸を摘出した。金を貰ってからトイレに座らせ、結束バンドで手首を手すりに拘束する。〈マスクとフード被りっぱなしで〉〈麻酔なしで睾丸を摘出してくれる〉。縫い糸ではなく〈ホチキスで傷を留め〉られてその〈雑さ〉や〈豚みたいに扱われ〉てる感じが、男たちを余計〈興奮〉させる。〈容赦がないので注意〉〈あれは本物〉〈近々凶悪犯罪を犯すかも?〉〈今のうちがチャンス〉〈会話は全くしないし返事もない〉〈虫ケラを見る目でこっちを見てくる〉。終わるとカッターナイフを床に置いて、逃げていった。

「おまえはあのとき、モモに何をしたのか?」その答えが捻《ね》じ曲げられていく過程そのもののような投稿を前に、モモはまず焦り、許せなさに駆られた。想像を絶する出来事について知ったとき、人は知ってもしょうがないことを、知ろうとし続けてしまう。事実を、自分にとって怖くないサイズへ分解するまで、問い1みたいなことを、ずっと。

「これじゃあまるで、パパみたいだ」とモモは呆れた。

「摘出は確かに、作業コストを最小限に抑えたマニュアルで行われたみたい」とモモは思う。けれどそれは、いくつもの投稿を元にコラージュした、ただの推測でしかない。「じゃあキースはそのマニュアルを、何人もの男を相手に、ミスもなくこなしていった？」——そんな馬鹿げたこと、できるはずない。モモはすぐにその筋を否定して、するとその否定が、別の筋を呼んでくる。「できるはずない、のだとすれば、たった一度でも失敗した可能性がありえた」のだと。そうして浮かぶ最悪の想像に襲われるのは、大人になってからのモモも同じだった。大人になったモモはすでに、個人的な関係者としてのおまえではなく、同じ時代を生きたどこか知らない子供としてのおまえを悼《いた》むようになる。「でも、大丈夫」。どの年齢のモモも、最後はその言葉で最悪のシナリオを断ち切った。「でも、大丈夫。なぜならもし暴走した男がおまえを追おうとしても、まず床に落ちているカッターを足で引きずり寄せ、手首の拘束を切ってからでないと追うことはできないから。仮にそれがすぐできても、たった今脚の間に負ったばかりの傷を守って、男たちが全力でおまえを追いかけることは難しいはず。だからおまえは、逃げることができる」——モモの追跡はいつも、おまえを手助けすることと並行していった。ライトで暗闇を探るように、おまえの過去を追い、逃げ道が照らされる。ポイントから、次のポイントへ、モモはおまえを追跡《トラッキング》しはじめていた。

〈それ以上のことは何もしていない〉と、いくつかの投稿が語る。失望しているのではなく、おまえに〈無視〉されたり〈大人の関係〉が〈NG〉であることすら、作法であり嗜《たしな》みであるようなコンセンサスが出来上がっているようだった。自分とその少年との間に〈プレイとしての信頼関係〉が成立していて、自分がそれを〈ちゃんとわきまえてる〉と示すことが、彼らにとってステータスに近い意味を持つ。〈同意〉という概念にすら欲情できる、匿名の日本人男たち。

男たちとの関係におそらく何の興奮もしないおまえは、すぐに目的を設定し直したはず。そして暴力から暴を取るための名分として、摘出したそれを転売することを決めた。でも、摘出した睾丸はほとんどがすぐに壊死《えし》しただろうし、当然だけど医療的な価値を持つことは一切ない。行為としても、在庫としても、おまえと小児性愛者たちのやってることに、嗜好として以上の意味なんて存在しえない。価値に還元する手段も、本人に買い取らせるとか、違う男に売って処分するとかしかなかった。2013年の夏『インディゴ・チルドレン』に辿り着くまでは。

2013年1月。おまえは中学卒業が迫った冬、恵比寿でブルーノ・マーズの初来日公演を観た。チケット料金は転売だったとしても数万円程度で、それを買うお金は十分に持っていたはず。プエルトリコとハンガリーとフィリピンにルーツを持ち、ルックスは、黒人っぽいけど黒人すぎず、頭身は、西洋的すぎず、多くの日本人にとって手が届きやすい存在だった。おまえだけじゃなく、モモや多くの子供たちも、その存在に目と耳を惹かれた。

高校一年の夏、インスタの中のおまえは肌を焼き、髪をコーンロウ風にした。ダボッとしたズボンと襟付きのボーダーシャツを着た、夏限定の模造黒人《フェイクニガー》。おまえ一人がはじめたことではなく、周りの友達と相互に助長しあってそういう仕上がりになったみたいだった。もっといえば、日本中の子供たちがアメリカの黒人を模倣していた。ニューエラやシュプリームの帽子をこぞって買い、つばには新品であることを意味する金色のシールを貼りっぱなしにして被った。渋谷の道玄坂では、ブルーノ・マーズやクリス・ブラウンが着用するアクセサリーの模造品が飛ぶように売れた。模造品を扱っている、何屋っていう分類が難しいような店には、大麻のプッシャーや、来日アーティスト向けの観光コーディネーターも出入りして、彼らはおまえぐらいの子供たちにアンダーグラウンドな世界を観光させては、引き換えに女子高生を紹介してもらったり、あるいはおまえたちの誰かを、別の誰かに紹介した。そうやって人脈の転売ヤーみたいなことをして、なんとなく界隈に入り浸っている大人がたくさんいた。おまえはだんだんと、物々交換の国へ足を踏み入れていた。

Kちゃん、と呼ばれるオカルトライターも、その界隈の一員だった。身長一八〇センチぐらいで比較的大柄な割に、威圧感を全く与えないひょろっとした体。自分なんか何者でもないとあえて周囲に知らしめるようなグレーの無地Tシャツにざんばらの髪、眼鏡をかけた男は、K、という記号じみた名前と電話番号しか記されていない真っ白な名刺を、子供たちに配った。そしてモモにも、名刺は配られた。

2014年の春。受験が終わったばかりのモモは、放課後になると制服の上からトレーナーを被って遊びに行くようになった。「睾丸を摘出する少年」としてのおまえを、その時点では知りもせずに。そしておまえに誘われて一度だけ、Kちゃんと呼ばれる男のツアーに参加した。Kちゃんがおまえやモモたちを連れていく店はどれも、一見すると普通の店だけど裏ではやばい取引をしている、という類型に沿って案内された。裏で臓器売買を斡旋《あっせん》しているらしい中華料理店。裏で宝石を密輸しているらしい会員制ビンテージメガネ店。とはいえ子供たちはただそこで中華料理を食べ、ただサングラスを恐る恐る試着して帰るだけだったから、実際のところはKちゃんしか知らなかった。そしてその中に、渋谷に店を構える大麻用のパイプ専門店『インディゴ・チルドレン』もあった。舞浜のイクスピアリにも似たアリゾナ風の店内に置かれたパイプは、一応インテリア用という建前になっていて、違法販売でもなんでもない。ガラス製のものがメインだけど、良いものだと材質が鉱石だったりした。ローズクォーツや緑水晶を削って作った、ピンク、グリーン、パープル、色とりどりの大理石模様をしたクリスタルパイプ。パワーストーンとしての効力も備えると謳《うた》われたパイプと並んで、純粋な水晶もたくさん揃えられていた。球体、ピラミッド型、コースター状の平べったいもの、ハート型、数珠、男性器を模《かたど》った水晶製のディルド。それらはほとんど輸入品だったけど、店主の男は自分でも石やアクリルの加工ができた。『インディゴ・チルドレン』の店主である土沢剛碧《とざわこうへき》はその技術を裏で呪物《じゅぶつ》職人としての制作に費やし、そして磨いているそうだった。彼もまた、自分が持て余す何かを野晒しにする道半ばだったのかもしれない。一六五センチほどの身長に太い骨格、色褪《いろあ》せたスキニーデニムは尻ポケットに押し込んだ財布や鍵の束でごつごつ膨らみ、薄汚れたネルシャツは腕まで捲《まく》れていた。口髭と眼球の窪んだ大きな目、そして店の雰囲気も相まって、南米あたりにルーツがあるようにも見える、全身くすんだ藍色の男。

　やがて誰にも内緒で、おまえが店に納品する冷凍睾丸たちは、土沢によって人工水晶の中に閉じ込められる。呪物を作るとき、人体の一部は乾燥させるかホルマリンに漬けるのが主流だけど、土沢はアクリルを使って透明な球体やピラミッドの中に密閉した。水晶の中の睾丸は、それまでとは全く別の文脈を帯びる。それをこぞって買うのは成金《なりきん》スピ、とでも呼べるような富豪のトレーダーたちだった。

　古くから動物の臓器には本能的な欲望が込められている、という呪術のルールに従って、動物の睾丸は繁栄に効果的とされるけど、中でも人間の睾丸にあるとされるのが、金を引き寄せる力だった。「金玉と言われるだけあって金を呼ぶ力が宿っている」という、主に日本人向けに用いられる文句は、冗談でも洒落でもなく完全な本気のようだった。彼らのような富豪は従来の保守的な宗教を好まない。自分たちのように膨大な富を独占することは、普通にどの宗教でも悪徳とされているから、もっと自由な解釈のスピリチュアリズムで世界を捉えようとする。その核にありがちな二つの大きなイメージが、古代文明と宇宙。このイメージで現実をみることで、あらゆる不都合を受け入れようとする。富の不均衡、労働、紛争といった面倒事を、古代からずっと続く営みとして捉えること。ニュースで報道されているいざこざはあくまで人間の摂理であり、ピラミッドの上部にいたのはいつの時代も人間のふりをした宇宙人だった、つまり自分もまた、人類の常識外からやってきた宇宙人なのかもしれない、というイメージを彼らは好んだ。かつてアメリカに奴隷として拉致された黒人たちが「自分たちは宇宙人に連れ去られた」と連想したアフロフューチャリズムを、ちょうど真逆の立場から補完するようなスピリチュアリズムが、成金スピ界隈では根強く人気だったみたいだ。

これって大富豪だけの話じゃなくて、モモのバイト先にも似てる発想の経営者がいたし、ポップカルチャーの中でも、UFOとかクレオパトラとか、漠然とスピったモチーフのものは多くて、モモも当時はあんまり抵抗感なく楽しんでいた。2010年代は、そっちの方が楽だった。具体的で取り返しのつかないレッテルを名乗るより、「みんな宇宙人ではみ出し者」みたいなお揃いの疎外感がバリアフリーに親しまれていた。そもそも土沢の経営する『インディゴ・チルドレン』って店名からして「1970年代から

94年生まれで地球の波動を上昇させるため宇宙から送られてきた超自然的能力を持つ子供たち」って意味のスピ用語。名前に「碧《あお》」の字を埋め込まれた土沢が、そこに運命を感じなかったはずがないと思う。

どうやらトレーダーっていう生き物は、みんな共通の強迫観念から逃れようとしているらしい。「自分たちが手にしている金は誰かから奪ったものではないか?」という罪悪感。そしていつかそのツケが回ってくるまでの猶予として毎日を過ごすような不安。けどトレードのときは一切そうした考えを切り捨てて、世界をマクロの視点から予測しなければいけない。波形、粒子、黄金比といった物理的な法則で世界を捉えること。睾丸入りの水晶は、そうした感性にも手応えを与えてくれるようだった。なぜなら動物としてのヒトが秘める呪力を信じるとき、人間が他の獣と同等であるという前提を無意識にのむことができるから。彼らの手に渡った、ヒト科のオスの睾丸。世界のどこかの、可哀想な人間の生贄《いけにえ》。それが日本に住む小児性愛者たちのものだとは、きっと誰も思わない。おまえは物々交換の国で、ピラミッドの上層部にいる宇宙人たちのために、摘出した睾丸を納品し続けた。

土沢によると、おまえの働きぶりは子供とは思えないほど淡白で、睾丸に何の興味も示していないようだった。いつも一歩先のことで頭が支配されているみたいに機敏で、悪く言えば落ち着きがない。閉店後の店に通うごとに、おまえの動作はどんどん簡略化され、睾丸を渡すと、貰った金をしまいながらすぐに立ち去るようになる。単価は一個につき、一〇万円。子供にとっては大金だけど、頻度やリスクを考えれば、生活するには全然足りない。水晶を手にしたトレーダーたちが一時間で動かす金額と比べても、全然。

ファイヤードも、元々はそういう富豪トレーダーの見習いみたいなことをやっていた。後《のち》におまえと「スタジオ」で働くことになる大野《おおの》ファイヤード純《じゅん》は、当時おまえと同じ十六歳で、もう高校にほとんど通っていなかった。ずっと実家でアフター・エフェクツをいじりながら、暇人の特権でスニーカーの転売をして、何となく生活していた。転売で稼いだお金は、師匠たちが「俺だったらそうする」と伝えてくる通りに、ほぼすべてトレードに費やしていた。ファイヤードが師匠とか先輩とか呼んでいる人たちはみんなで会社を作っていて、そこで投資の教材を売ったりコーチングをしながら、何となく気の合う客と仲良くしたり、才能がありそうなら社員に格上げしたりして、彼らが言うところのファ、ミ、リ、ーを作っていた。そのとき一番稼いでる人が褒められる、性別は男ばかり、年齢はバラバラの集団で、それでも十五歳でトレードを始めた人間はさすがにファイヤードだけだった。みんなもっと歳をとってから投資を始めた人たちだった。彼ぐらい若いときには、みんなもっと苦労していた。ファイヤードが過ごしている時間は、ファミリーのみんなが知っている負け犬時代だった。だからこそ、ファイヤードの苦労はおもちゃのように軽んじられた。三〇万円を一週間以内に一〇〇万円にするよう課題を出されて、金を溶かすと罰ゲームとして金髪にさせられたり、反省と所信表明をカメラの前で面白半分に誓わされたり、修行と称して事務所の掃除や教育商材ビデオの編集を任されたりしながら、それでも愛嬌があるから大丈夫って、愛嬌だけしかないみたいなニュアンス込みで言われて、いつもニコニコ取り繕っていた。わざわざ金を払ってまで彼をファミリーに置いているのは、たぶん可愛かったんだと思う。白人にもみえる顔立ちで、いつも行儀のいいファイヤードから、大人たちは根拠なき未来性を感じたはずだ。その逆算として、今をいじめたくなる。ファミリーのみんなはファイヤードを介して、かつての不幸な自分を懐かしんだ。投資の調子は、いつもプラマイゼロだった。

なんの美しさもない世界から逃避するために、ファイヤードは自宅の部屋に揃えたパソコンを使って、アフター・エフェクツを使いはじめる。Adobe Inc. が１９９４年に権利獲得した、映像のデジタル加工ソフト。同世代のオタクたちがゲームに費やす時間を、ファイヤードはアニメーションの試作に費やしていた。ファイヤードが作るアニメーションで描かれるのは人間でも動物のキャラクターでもなく、抽象図形だけだった。しかも、ほとんど丸と線だけしか登場しない。そもそも描いているって意識すらなかったかもしれない。すべてソフトに「円形ツール」とか「線ツール」みたいな名前で初期設定された、ボタンひとつで現れる原子レベルの基本要素でしかないから。

完全な無の画面に、白い丸がひとつ置かれる。とてもプレーンな丸。エフェクト機能を使って歪みをかけると、丸が三日月型に大きく歪んだ。違うな、って思ったら、歪みの数値を弱めていく、丸はまた原型を取り戻していく。表面のカーブをうっすら波打たせて。ずっと見ていると、ただの図形だったものが、潤んで見える。さっきまでただの丸だったものが、実は液体でできてるみたいに。さらに、微弱な振動を加えてみると、命を持っているようにも見えてくる。あるいは、強い重力に晒されている状態かもしれない。重力。ふとよぎったその感触を形にするために、雨みたいな効果線を周りにいくつも走らせてみる。するとなんとなく、落下する雨粒をすっごい近くで眺めているような体感が降ってくる。たった三分の二秒くらいだけど、何度も繰り返し眺めてみると、確かにそこに描かれている落下に実感が湧いてくるし、なんなら愛着も湧いてくるし、もっと景色を補強したくなる。ファイヤードの味わったそのプロセスは要するに、モーショングラフィックス作りに沼る人々の基本コースだった。一瞬先のことを、少しずつ少しずつ、イメージして作っていく。ただの丸が、どう育つか。

そこにモモも加わる。きっかけはネット上のどこかで同じ趣味の仲間を探していたときだった。モモは高校から帰るとほぼ毎日のように、パパに買ってもらった当時一〇万ぐらいのMacBook Airでアニメーションを作って、ファイヤードにデータを送信した。

一秒にも満たない小さなループを持ち寄って、モモとファイヤードはセッション感覚でひとつの画面を満たしていく。周囲に仮置きされていた雨のような効果線も、モモとファイヤードで作った微生物に置き換えられていく。それが海の微生物なのか、宇宙の景色なのかも特に定まらないまま、ふわーって落下する感覚だけが、すでに画面の中に発生していた。モモは池袋、ファイヤードは湘南に住んでいたけど、同じ世界の中でそれを味わった。モモは面白半分に素材を作って投げるだけだけど、ファイヤードはいつも良い感じにコーディネートしてくれた。気に入ったものは近くに、そうでもないものは遠くに。相手がどんなふうに図形に命を宿したか、それをどんなふうに世界に取り込んだのか。二人はまだチャットと電話でしか会話したことがなかったけど、特別な相手になっていた。データをやり取りするだけで、もっと多くのものを交換できている気がした。日々感じるイライラ、憧れ、かっこいい鉄骨、ビルの反射、ハマっている曲の、電流みたいなギター、すべて新鮮なうちに注ぎ込んだ。色と形と時間。すごく単純なものを組み合わせているだけなのに、同じ生命体ができてしまうことは一度もなかった。

ファイヤードにとってのスターはカリフォルニア出身のアッシュ・ソープというアーティストだった。アッシュ・ソープはちょっと前に公開された映画『X-MEN：ファースト・ジェネレーション』のエンドロールアニメーションを担当した。無駄のない動きで提示されていくスタッフリストとともに描かれるのは、本編に登場する超能力者たちの、その遺伝子が突然変異を起こしていく過程をアニメーションにしたものだった。ネオンカラーの残像を纏《まと》って、生き生きと、そしてテキパキと動いていく、細胞、血球、そしてX染色体と、Y染色体。それらを形作っているのはリアルなCGではなく、モモやファイヤードたちが使っているのと全く同じ、初期設定ほぼそのままの、プレーンに塗りつぶされた丸や線たちだった。アッシュ・ソープはすごく初歩的な要素だけを組み合わせて、世界でも有数の人気コンテンツでラストを飾った。

美しかった。二次元の丸と線がそこにあるだけなのに、DNAの螺旋《らせん》構造が奥行きを持ってみえた。トンボが羽を広げるような心地いい動きで、球体に折りたたまれていた染色体がパタパタと広げられ、YやXの形を行き交った。遺伝子のルールを超越して。それが異常ではなく超能力であるという映画全体を通しての定義。たとえそこまでの意図がなかったとしても、視覚的にそうあっている様をインプットさせられる体験は、モモにとって刺激的だった。こういうところからすでに、モモのような複合マイノリティの子供は、ある気配をちゃんと嗅ぎとっていた。未来の気配。世界には自分たちを肯定するピースがすでに揃っていて、いつかあたりまえに自分たちもそこに到達できることをちゃんと理解していた。

そうしたアートとの出会い、そしてファイヤードとの対等かつ親密な関係によって、モモにとって中学時代のおまえとの関係性は相対化され、かなりネガティブなものへと変質していった。この時点でもモモはまだ「睾丸を摘出する少年」について何も知っていなかったものの、「おまえに騙されていたのではないか」という直感は着々と深まっていく。

チャットでも、電話でも、ファイヤードはアッシュ・ソープのことを熱く語っていた。それ以外のことを話すときはいたって穏やかだった。トレーダーのファミリーたちのこと、そこで師匠たちから課されているノルマについて話すときでさえ、口調が乱れることもなく、ずっと落ち着いていた。「あんまり悪態をつきすぎると、負けを引き寄せるから」って。「普段不幸でいるぐらいのほうが大きな勝負時に運が跳ね上がるようにできているから、あえて発散させないんだ」って、宇宙人たちの成功哲学に屈していた。

2014年11月。十七歳になる少し前のおまえは、成功していた睾丸ビジネスをたった一年で中断する。その冬、ひとつの小さな記事がネットに掲載された。「レゴ公園」で傷を負った三十代の男が発見されたという事件についてだった。新宿区にある公園内の公衆トイレで、被害者の男は手すりに手首を拘束されて、争った形跡があったとされている。

モモの追跡は、ここでいったん途切れた。別々の高校に進学したおまえとは遊ぶ頻度も減っていったけど、SNS越しには確かに、消息を知っていた。けれど隠されたルート、おまえが暴力から暴を取るための旅については、完全に途絶えた。

当時十五歳のモモは、思春期抑制剤によってホルモンの分泌を止めてから二年が経っていた。副作用は特になく、部分的にではあるけれど体の時間を止めることに成功した。すると今度は、時間が過ぎていくことにくつろぎを覚えはじめる。ずっと「心」に格納されていた未来の自分が、現実世界に展開していくような解放感があった。けれどふと、モモはあることが恐ろしくなった。それは、おまえの心について考えることだった。「睾丸を摘出する少年」について調べ、おまえの心について考え続けることは、考古学のように一方的な探究ではないことに気付く。だって、誰にも妨害されることがなければ、心はその人の未来だから。

結局、レゴ公園での暴行事件は、おまえに対する妨害だった。すぐに「睾丸を摘出する少年」がやったって噂になるその犯行は、ある男が偽装したものだった。男の苗字はダイモン。漢字は不明。二ヶ月後におまえを監督することになるダイモンは、おまえをスカウトする準備を始めていた。おまえは風評被害を受けて、活動を中止する。『インディゴ・チルドレン』に予定していた納品も全部ブッチして、潜伏期間を過ごす。店主の土沢は、それほど驚かなかったそうだ。店に出入りしていたダイモンが、何かのきっかけでおまえの存在を知った時点で、土沢には諦めがついていたらしい。

かつてモモの睾丸を摘出したとき、おまえのやったことは親たちの国で暴力と呼ばれた。それと全く同じ行為に、おまえはスピリチュアルビジネスとしての価値を成立させたけど、やっぱり野外って、安定した収穫が難しかったんだと思う。そもそも本当の意味での外なんてない。ネット上では案の定、事件から芋蔓《いもづる》式に「睾丸を摘出する少年」の噂が引きずり出され、非難や揶揄《からか》いのための言葉に晒される。ほんと普通の、ごもっともな内容がざっと一通り。そこでは同性愛と小児性加害とマゾヒズムと猟奇事件とが区別されることもなく、ただ「公衆トイレで大人の男が少年に睾丸を摘出してもらった」ってあらすじ一発で十分《じゅうぶん》退場に値すると判断された。ダイモンの狙い通りか、それ以上に。事件がネット上にいる〈近所〉の人々の間で事故物件探しのように盛り上がり、やがて何も知らなかったモモの目に届くまで騒がれたのは、摘出が行われた現場が個人宅でも宿泊施設でもSMクラブでもなく公衆スペースであるからのようだった。あたりまえだけどすべての公衆のためのスペースは存在しない。そんなものを国が管理できる訳もなく、公園、トイレ、道路、図書館、駅や電車にいたるまで、多数決による快か不快かの判断によって誰を排除するべきかが決められている。そのルールによって排除された経験がない人は存在しても、そのルールに助けられたことがない人は存在しない、っていうのはモモでもそう思う。事件を非難する声のなかに「睾丸を摘出する少年」本人のことを心配する言葉、この事件の一番の被害者ともいえるおまえを癒すための言葉は見つからない。そういう被害者がどうこうっていう議論以前に、ただそれを知っているしかできない状態がどんなに精神衛生を悪くするか。おまえは物々交換の国で暴力から暴を取るサイクルを発見したのに、うかつにも元の国のルールでまた暴を冠せられた。

普通の高校生活に潜伏したおまえが何を考えていたのかは分からない。ビジネスの妨害後、ダイモンはおまえをじっくり二ヶ月間放置してから、コンタクトを取って呼びだした。２０１５年2月、指定した日時にちゃんと約束の場所に来たなら、ひとつの部屋を与えるとダイモンは告げた。その部屋の中でなら、そこにあるものをいくらでも破壊していいって。

そこは原宿のど真ん中にあるマンションだった。『オリンピア原宿』は１９６５年当時、最先端の建物だったらしい。冷暖房完備でエレベーター付き、ホテルのようなフロントが導入された元祖高級マンション。原宿駅近辺でいちばん高い台地であり、明治神宮の入口につづく表参道のスタート位置にある建物でもある、スピ的にもかなり好立地な物件。廊下の赤い絨毯《じゅうたん》は建築当初から変わらないまま、それぞれの部屋は何十年にもわたって利用者から改造を繰り返された。当時ダイモンが持っていた部屋は五階と六階の部屋をひとつに合体させたタイプで、ずっとそこを持っていた音楽事務所の改造によって、録音ブースが二つ設計されていた。ダイモンはさらに、それぞれの録音ブースを強化した。ガラス張りを壁に変え、防音設備のなかに防音設備をさらにもう一層作り込むことで、ほとんど音と光の漏れない部屋を二つ用意した。外からは中で何が起きているか分からず、中からも外の状態が全く分からない、二重扉の完全密室。

おまえがスカウトを受けてそこに連れてこられた日、録音室《スタジオ》Aでは一人の男が金属製の椅子に括られていた。壁はブラウンとゴールドの混じったような吸音素材がびっしりで、床は真っ白なタイル張り、角に洋式便器と、床の汚れを洗い流すための銀色の排水溝まで設備されていた。

男は神奈川に住んで投資家をやっていた男で、「クライアント」に目をつけられ、「運搬」の業者によって誘拐され、ダイモンの「スタジオ」に手渡された。おそらくおまえはその経緯を伝えられ、「まずはいつものやり方を見せて欲しい」というダイモンの指示通りに、男から睾丸を摘出した。作業のはじめ、拘束された膝を開かせたとき、男は無理に両脚を閉じようとして、股関節がカッターの刃を目盛り二つ分くらいもぎ取った。傷口に埋まった破片を抜き取ってから、おまえは男を説得しにかかった。

「大丈夫」おまえは両手で、ストップ、のジェスチャーをする。

「片方だけ、片方だけ」おまえは指をさす。

「この段階なら、機能は、大丈夫」首を振って、煙を払う、そしてまたストップ、のジェスチャーを繰り返す。

まるで日本語の通じない相手にするようなカタコトの説得はそれでも、ダイモンの準備した作業着や帽子、マスクと透明のゴーグルのおかげで、実年齢以上の信頼を与えたのかもしれない。摘出が終わったとき、被害者の男はすでに落ち着いていた。抵抗することではなく、痛みに耐えることだけに集中しているようだった。その後すぐに、暗号通貨を管理するためのパスワードを吐いた。録音室《スタジオ》の外にはダイモンとその従業員が一人か二人待機し、カメラ越しに中の様子を確認していた。従業員たちの作業着にはもちろんロゴも社名もない。スタジオ、という通称しか持っていない小さな部屋で、ダイモンは少人数のスタッフたちと、拷問《ごうもん》と尋問《じんもん》を代行していた。三つ目の国。物々交換の国よりずっと狭い、拷問の国。そこでおまえはまた、暴力から暴を免除される。

ダイモンケネスは当時三十歳ぐらいの男だった。日本とジャマイカとイギリスのミックスルーツで、筋肉質な体型と、オタクっぽい猫背がアンバランスな印象だった。髪の毛は耳にかからないぐらいのドレッドで、たまにミルクティー色に脱色されては、新しく生えてくる黒髪に押し出されて先端へと消えていった。日本人的に吊り上がった一重の目と、薄くて短い眉毛も相まって、能面のように表情が読みづらい。分厚い唇の両端に蓄《たくわ》えられた口髭、ダメージデニム、黒いTシャツにレザージャケットというファッションはたぶん、流行よりも自分の美学優先で、そして何より、日本社会に埋没しようという意思がすっかり欠けたスタイルといえるかもしれない。稼業が反社会的な割には、警察のレイシャルプロファイリングに対する対策も感じられず、強いて職質除《よ》けとして機能していると言えるのは、鼈甲《べっこう》と金縁でできたフレームの大きな眼鏡と、傷ひとつないソニーの最新ヘッドフォン、そして流暢《りゅうちょう》を通り越して理屈っぽくすら感じられるらしい日本語ぐらい。全体として70年代風のパンクスと、10年代風の意識高いノマドワーカー像が融合したような仕上がりの男は、黒い自転車に乗って、原宿駅の方面から、ごくごく普通にオリンピア原宿へ通勤する。

録音室《スタジオ》Aのカメラで中継されたおまえの初仕事は、これといったアグレッシブさも見受けられず、やや地味で心許《こころもと》ないように二人の従業員には映ったようだった。皐丸の摘出という行為そのものも、そして態度も、派手さに欠いていたけど、おまえはそれをコミュニケーションの手段として、自分の手が及ぶ範囲でちゃんと操作できている、とダイモンには映った。

「尋問《じんもん》と拷問《ごうもん》は一般に混同されがちだが全く異なるものだ」というのがダイモンの考えだった。「尋問の目的は対象者本人ではなく、本人が知っている情報。情報を手に入れる目的のため、取引の手段として対象者の身体を損壊する」。ダイモンは体《からだ》ではなく身《しん》体《たい》という言い方を意識的に選んだ。「損壊の定義は、ある身体を、国の定義する健康から遠ざけること。痛みそのものが目的なのではなく、健康な身体を損壊し、その身体を、国の資源として回収不可能にしていくことが、国にとっても対象者本人にとっても脅威になる。これは多くの人が忘れがちなことだが、痛みそのものは、尋問の本質ではない」。つまりおまえが初日にやったように、冷静な取引のもとで損壊の段階を示して、取引していく方法は、むしろ本質的なのではないか、とダイモンは考えていた。

「スタジオ」でのおまえの最初の被害者はその後、麻酔をかけられてから再び「運搬」に引き取られた。従業員の一人が、録音室《スタジオ》Aの清掃に取り掛かる。真っ白なタイルは一滴も血に汚れていなかったけど、従業員の男はクレンザーをかけて隅からモップをかけ、ホースの水で排水溝に流していった。

仕事の日付はいつも不定だった。スケジュールの確認が入るのは、前日か、前々日のことがほとんどだった。三時間程度で終わることもあったし、長丁場であれば一週間以上通い続けなければならないこともあった。昼になると、ダイモンは従業員たちを連れて近所にランチを食べに行った。ラーメン屋「睡蓮」の肉味噌担々麵。「南国酒家」のフカヒレ。「肉バル原宿」のシュラスコ食べ放題。それらは特にダイモンのお気に入りだった。どんな仕事の合間でも「頂きます」「ご馳走様」を欠かさず、真剣に食べた。原宿の並木道はいつも人で賑わっていた。

２０１６年5月。東京レインボープライドの行列が、同じく原宿の並木道をのぼっていく。毎年どんどん規模が拡大していた。夏の初めのはっきりした日光が、参加者たちの掲げるフラッグの繊維を射抜く。白っぽく照ったアスファルトの上で、ひしめくフラッグの影はうっすらと虹色に透けた。それは影だけ見れば十分に美しいと言える眺めだったけれど、実体である人々そのものに焦点をあてると、決して美しさの基準を満たしていないと嘲笑する声が増えていた。そもそも美しさなんて、パレードの必須条件でもなんでもないけど、道路を一車線分がっつり貸し切って進む行列に、美しさよりもむしろ不快感を覚える人たちは、プライドパレードをアートではなくテロの文脈で捉えはじめる。つまり「あんな格好の集団が公共の場を占拠しているのは暴力だから、あれは自分たちに何かを要求しているはずだ」って。行進やスピーチが「暴力」という定義の隙をついた、合法的な抵抗だということも知らずに。「レインボーパレードって、何目的？」決して少なくない人々が問う。疑問ではなく、どうせ目的なんかないだろって答えをせがむための挑発として。これを受けてパレードを応援する側の人々は「目的」という土俵に乗らざるを得なくなる。そしてひとまず日本では、同性婚の権利獲得が中心の目的に据えられるムードが出来上がっていく。それは確かに、多くの当事者の望みではあるのだし。国を目指すこと。国の定義する幸福を目指し、その一員として無事に回収されること。

　モモもイベントに参加していた。夕方、明治神宮のそばにあるステージで、モモはファイヤードと、そしてもっと多くの仲間たちと、Ｌｕｖ奈《ルヴナ》のコンサートに潜り込んだ。

黒人の夫と離婚して、息子を育てながら活動している日本人の女だった。元々はＲ＆Ｂ界隈のエロい姉さん的なキャラだったけど、オリンピック前のＰＲ活動なのか何なのか、プライド関連のライブにも呼ばれるようになっていた。そんなことすらどうでも良くなるぐらい、もっと生理的なレベルで、モモやファイヤードを含めた仲間たちはみんな彼女のことが嫌いだった。

仲間たちを、モモに紹介してくれたのはファイヤードだった。数ヶ月前から、モモはネット上の鍵付きサロン〈Kids from Nowhere《キッズ・フロム・ノーウェア》〉に入室するようになった。通称「無国子女」。参加しているのはモモの同世代からちょっと上ぐらいまでの、ミックスルーツや移民の子たちだった。当時は数年前から、一般人のフラッシュモブが世界的に拡散されたりとか、『Chim↑Pom』が原爆ドームの真上に飛行機雲で落書きする作品を発表したり、とにかく「アート集団」っていう概念が格好いいとされてた時代だった。「無国子女」も、それを自分たちの文脈で真似しようと始まったグループだった。Ｌｕｖ奈のコンサートが満場一致で新しいターゲットに選ばれたのは、彼女の態度から滲み出る、ミックスの子を産んだ純血《ピュア》な親特有のドヤりみたいなものが鼻についたからだった。夫が黒人であること、その夫に逃げられたこと、残された子供もまた黒人であること。そうして彼ら黒人に降りかかる不幸を、日本人女性であるＬｕｖ奈が身内として引き受けざるを得ないことの、二重の悲劇性。そういう事前情報の厚みを使って、何かシンガーとしての資格を得たつもりでいるのもよく分からないし、何よりその悲劇の一端として登場させられる子供を思うと、モモは他人事《ひとごと》とは思えないほどいたたまれない。自分の命が、自分を取り囲むほとんどの大人から、お荷物だと自明視された環境で生きること。そこから生じる萎縮や申し訳なさすらも、外部から見れば「日本的な礼節を心に持っている」「親をリスペクトしている」と好意的に映ってしまうことについて、子供が何を思うかをまるで考慮せずメディアにもバンバン出すし、子供について話すときは同時に社会についても謳いあげる癖がついてしまった、まじでうちのパパそっくりの女だった。彼女がたった一度、歌詞の中でNワードを使用したとき、攻撃対象にして良し、と「無国子女」たちのゴーサインが出た。

ライブ前、バンドメンバーが音を鳴らしはじめる。モモたちは人混みの中、マスクと帽子と真っ黒いロンTを着て、さもスタッフですって顔をして風船を配った。ひとつ渡してはポンプで新しいのを膨らませて「サプライズ演出なんです」ってどんどん近くの人たちに配った。みんな喜んで風船を貰ってくれた。ぷかぷか宙に浮かんでいるのは、黒人の赤ちゃんを模した人形だった。芸大に通ってるメンバーの子曰《いわ》く「K－POPアイドル『BIGBANG』の公式キャラになってるファンキーなクマを意識して」デザインしたらしい、ドレッドヘアの、通称チョコレートベイビー。お臍《へそ》から伸びたピンク色のリボンを多くの観客が握りしめ、時間が来た。ステージに登場したLuv奈は最初、観客の頭上に浮かんでいる百体近くのチョコレートベイビーに物珍しそうな目を向けていたけど、だんだんと表情がこわばって、予定時刻よりだいぶ早く舞台袖に去っていった。観客からは、宙に浮かんだチョコレートベイビーのお腹しか見えてないけれど、ステージの上から見える頭頂部には、英語でメッセージが書かれていた。〈あなたは黒人じゃない。ただそれを産み落としただけ〉。ライブが終わると、いくつかの風船は持ち帰られ、ほとんどは空へ向かって解き放たれた。雲が柔らかいオレンジ色に照りはじめる夕方の青空へ、ピンク色の臍の緒をひらひらなびかせながら、チョコレートベイビーは飛んでいった。

命の比重はどんどん軽くなっていく。２０１７年の5月、アリアナ・グランデのイギリス公演で自爆テロが発生する。モモも大好きな歌手だった彼女は、その後ＰＴＳＤを発症する。二十二人が殺され、数百人が怪我を負っていく最中、モモは東京の実家で昼寝をしていた。目が覚めるたびに世界がどんどん悪くなっていくような、嫌な寝起きだった。ニュースを観ながらモモは、自分たちが一年前にやったことの意味を考え直す。チョコレートベイビーの一件を、アートではなくテロの文脈で捉えはじめる。アートもまた、美しさが必須ではないけどその上で、私たち「無国子女」は、チョコレートベイビーに攻撃力以外の何かを期待していただろうか？　私たちがもし日本語を話せず、そのせいで不審に思われ、逮捕されたとして、あれのコンセプトを誰にも弁明できなかったとしたら、それはアートとして成立するだろうか？　ニュースアプリを閉じて、Apple Music で〈Ｌｕｖ奈〉の名前を検索した。彼女の曲を聞こうと思ったのは初めてだった。曲をザッピングするたび、ジャケット写真が切り替わった。ナイトモードの黒い背景と、写真の下に中横揃えで並ぶ文字列。仏壇みたいにも見えた。iPhone の底をマットレスにそっと突き立てると、右耳に、柔らかい振動と音が伝わった。適当にクリックした曲が何を歌っているのかは分からなかったけど、だからこそモモは涙を滲ませることができた。その一日を無駄にしたことだけではない、もっと根本的な後ろめたさを、モモはＬｕｖ奈の曲を借りて、放流した。地球上の殺傷現場と、ひとつづきの同じ酸素を介しているのに、自分がとうとう立ち会わなかったこと。私には場面がない。それを無理に作ろうと飛ばした風船のあの軽さと、Ｌｕｖ奈に与えた何かのつり合いについて。その与えた何かっていうのはまともなメッセージとしてではなく、単純なテロの恐怖となって、私の好きな歌手と嫌いな歌手を、いとも簡単につなげたこと。自爆テロから数時間が過ぎ、容疑者たちの計画がだんだんと明かされていくのを追いながら「私たちは最初からそっち側だったんだな」ってことを、モモはベッドの上で思った。「無国子女」はもう、活動停止していた。中心になっていた子たちが進学や就職をきっかけに抜けてしまうと、ほぼ連絡が途絶えた。ファイヤードはずっと前にダイモンからスカウトを受けたきり、その事実についてはもちろん教えてくれないまま、「無国子女」をやめていた。ただ

「やばいバイト」を始めたんだと、モモにはそれだけ教えてくれていた。

だから、「拷問の国」についてモモが知っていることは、すべてファイヤードから教わったことだ。ただし彼が全貌を明かしてくれたのは、それから二年も後になる。潜入スパイみたいに同時進行で報告してくれた訳ではなく、組織の脱退を前にしてやっと、彼はそこでの情報を、外部の人間であるモモに漏らした。

2017年の4月。ファイヤードは「スタジオ」に入る前、ダイモンからいくつかの手順を要求された。秘密保持の契約と、破った場合のリスクの説明。急にバイトを飛んだ場合のための身分証の確認と、頭金五〇万円の振り込み。ストレス耐性についての軽い筆記テスト。そしてもちろん面接。スタジオに入ることにした理由を話すこと。そして通称「キーフレーム」の投与。

キーフレームって言葉は、Adobeのソフトで出てくるからモモも知っていた。それは映像の中のあらゆる物質に「この時点であなたはこの状態ですよ」っていう情報を記録するために打つ、時間の杭《くい》。例えば丸い図形を二秒かけて右から左へ動かしたいとき、まず0秒時点で、図形を右に置いて、タイムラインにキーフレームを打つ。それからタイムラインの二秒時点で、図形を左に動かしてから、そこでもキーフレームを打つ。そうすると、図形は二秒間かけて、右から左へ移動する。そうやって、時間に杭を打っための、ダイヤ型の小さなスタンプ。「スタジオ」で投薬された薬は、そのキーフレームと同じような、オレンジ色の丸っこい菱形をしていた。それを飲んでから二十分ぐらいの間に経験した緊張や興奮とか、それに伴う筋力や集中力をビビッドに脳へ叩き込むための薬。ファイヤードはこれを飲んでから、VRゲームをプレイさせられた。戦闘、パズル、手術。色々なジャンルがあった。最初は気持ち悪かったり怖かったりしたけど、すぐに慣れていった。このプレイ中に経験したエキサイトへ、キーフレームが杭を打った。そして、ちょっとそのことを思い出すだけで、打たれたキーフレームを、現在の時点まで引っ張ってくることができるようになった。例えば街中で不良に絡まれたとして、パッと戦闘態勢になれる人っていないと思うけど、キーフレームを食べておくと、それにパッと筋力が反応できるようになる。今この瞬間に、戦争ゲームに放り込まれたような力を、発揮できるようになる。ファイヤードによるとその感覚は、別に「昔のショックを今まで引きずり続ける」みたいな重いものじゃなくて、その瞬間、運動だけが今になる感じらしい。「殴りかかる直前で凍結された自分が、今ここに現れてシャッと瞬間解凍されるみたいな、もっと淡白な感覚」だそう。

6月。ファイヤードは「スタジオ」で正式に働きはじめ、ダイモンからおまえを紹介される。

タマ転がし。それがおまえに授けられた渾名《あだな》だった。「こいつは元々オカマちゃんのタマ転がしだった」「そっちに完全に染まる前に、俺が救ったんだ」と、ダイモンはおまえをじゃらすように紹介した。直球の差別発言っていうのは、当事者よりもむしろ非当事者にこそ、善意で処方されるものだと思う。本当はそっちじゃないからこそ、罵倒される。おまえも特にそれを深刻に受け止める様子はなかったそうだし。模造黒人から脱皮してカスタード色に戻った肌と、プラチナピンクにハイブリーチした七三分けの髪で、おまえはファイヤードへ「よろしく」って無愛想に挨拶をした。

7月。渋谷の南平台《なんぺいだい》にあるコンクリート造りの家で、爆破テロ犯が取り押さえられる。女は、南スーダン国籍の黒人だった。家の持ち主である名前不明の男、Ａがその案件の「クライアント」だった。関西の訛《なま》りがあって、年齢は四十歳ぐらい、外見はダイモン曰《いわ》く「上下『Off-White』を着ているザ・輩《ヤカラ》」だそうで、Ａは要するに、日本に生きている虐殺投資家の一人だった。

投資のきっかけは知り合いから紹介された、イスラエルの兵器開発についてだった。「昔から戦争のおかげで文明は進んできた」「今はイスラエルが世界最強だから、それに伴って再生医療が進む」「だからアンチエイジングや妊娠適齢期延長を研究している関連企業に、ぜひ投資しておくべき」という誘いは、要点を聞いた限りだと嘘のようなスケール感と飛躍、そしてそれこそお花畑としか言えないような無責任さがあるけど、だからこそ、Ａの言葉で言うと「話としておもろい」タイプの事業らしく、投資家としての心をくすぐられるそうだった。何よりイスラエルは、遠い。「地球の裏側で起きているいざこざに加担するのは、隣のロシアや北朝鮮に投資するよりずっとハードルが低い」「それに軍に直接金を送るのではないから、誰かに裁かれることもない」というロジックは、A個人の発想という訳でもない。国単位でも、同じ手口が横行していた。日本がイスラエルを。北朝鮮がコンゴを。中国がスーダンを。アジア各国のパイプがあればなおさら、いち日本人の投資は簡単だった。Aは投資を広げて、やがて南スーダンに手を伸ばす。よその村や部族を襲い、虐殺で国を乗っ取った民間政府を、Aは間接的に支援するまでに至った。

アフリカや中東の国々は確かに隣国でもないし、地理的に遠いかもしれない。でも人間にとって、辿り着けないほど遠い場所は、もう地球上のどこにも存在していないのに。すでにいろんな国で、派遣されたテロリストが一般人を相手に報復を始めていた。けれど呑気なAにとっては、それすらも投資につきものな「万に一つのリスク」に過ぎず、こうして報復の対象となった。

彼女は、Aの車に爆弾を仕掛けているところを舎弟たちに取り押さえられた。高い塀に囲われた庭で、二階からAによって違法な威力のあるエアガンを浴びせられ、目元には丸い傷が残った。瞼に撃たれたビービー弾を彼女は、眼閃《がんせん》と呼ばれるネオンカラーの残像によって見たはず。こんな程度で、この体は壊れないと、そう告げるように、眼閃はきっとメラメラ輝きながら数秒で消えていった。

Aが警察ではなくダイモンの「スタジオ」に尋問を任せた理由については、ダイモンが聞き出すまでもなく、違法な取引がバレるとか、仲間に迷惑がかかるとか、そんな理由だろうと推測できた。舎弟たちに尋問をやらせなかった理由は「うちのはアホばっかで誰も言葉わからんから」だそうで、Aがどこまで考えているか分からないけど、ほかの虐殺投資家へも報復が連鎖していけば、「最も被害とスティグマを被《こうむ》るのは南スーダンに住んでいる一般人たちになるだろう」というのがダイモンの予測だった。

犯人である女から、指導犯について聞き出すこと。期限は七日。それ以内に手柄をあげられなければ、彼女は返却される約束だった。ただし尋問の詳細については、クライアントに一切公開しない。なぜならクライアントが期待するような残虐な尋問に、効果がほとんどないということが、世界中で証明されている事実だから。

ダイモンが計画したのは、二つの係が交代で接していくという方法だった。一つ目は「世話係」。演じるのはおまえだった。まずは「世話係」が、彼女と信頼関係を築きながら、質問をして、「答えてくれない場合にはこの暴行が行われることになっています」という告知をした。いつのまにか上達したらしいおまえの英語は、ファイヤードによると、それを聞くだけでダイモンさんがどれだけおまえに期待をかけているかが分かるレベルだったらしい。

そして二つ目の「実行係」も、おまえがやることになった。「実行係」を演じているおまえは顔を全て覆って、別人のように無口なまま、「世話係」の予告通りに、実行していった。この案件では毎回、電気ショックが用いられた。彼女の中で、痛みはまた、光になる。モモは脱毛器ぐらいの電気しか浴びたことがないから分からないけど、きっと脳の中で、痛みは光るのだと思う。そして必ず、その光は消えていった。彼女の体は勝ち続けた。電力の強度、部位、秒数などのエスカレートはあっても、ダイモンのいう「身体の損壊」は、そうして最小限に抑えられた。

三日が経過した頃、世話係としてのおまえは「本部には内緒だ」と伝えて、おにぎりを手で割りながら女の口に運んだ。監視カメラに映る指先は、粗いピクセルで四角く潰れていたけど、その爪の形はあの頃のまま実際に板で潰したように四角い。枝豆らしきグリーンの混ざっているおにぎりは、おまえの優しさではなく、雑用係のファイヤードがコンビニで買ってきたものだった。世話係があえて本部を裏切ってみせることで、女とおまえに信頼関係を生む作戦だった。

歴史上のあらゆる国が行ってきた拷問よりもずっと優しい尋問のおかげなのか、やがて女は情報を明かし、それらはAに伝えられた。Aの希望は「預けたガラをこっちで引き取りたい」というものだったけれど、ダイモンは「報復の危険があるのでこっちで殺害し、遺体も処理する」と契約していた。身柄《みがら》という言葉から取った「ガラ」という言い方をAは好んで、ダイモンはそれをいちいち「対象者」って言い直したんだと、ファイヤードたちに呆れた笑い話として聞かせた。「入管でも警察でも、結局ああいう奴らはヤクザ言葉に頼るんだ」って。

女は、殺害されなかった。「運搬」の手配によって、入管の収容所に届けられた。ビザ切れ扱いの彼女は、多くの収容者と同じく決断を迫られる。南スーダンへ帰国するか、帰国を拒否して入管に住み続けるか。スタジオよりも狭い牢獄の中で、久々に安全を確保された彼女は、数日前まで確かに痛みを浴びていた腕や脚や首が、癒えていない火傷《やけど》や針穴が残ってはいるけど、確かにそこに存在し、動かせて、撫で合わせられることを、不思議に思ったかもしれない。どこか遠い幻のように感じただろうか。昨日まで閉じ込められていた密室を。あるいは生きている今の現実の方を。

ダイモンが対象者にそれほど配慮を重ねるのは理屈があった。「これまで身体を損壊する過程で分かったのは、どんな人種の身体も、自分に少しずつ似ているということだった。血はみんな赤い。肉はみんなピンク色だった。骨は白い。それらはどれも、下水に流して便所の中身と一緒に混ぜてしまうには、あまりに勿体無い、貴重な資源だということを理解してほしい。非常に奇跡的な細胞の連なりを、私たちは地球のどこかで毎日のように廃棄している。それがどこの国の木であっても、無駄に伐採してはいけないように、不必要な損壊は必要ない。私たちは誰かを憎んでいるのでなくて、あくまで代行しているだけに過ぎないから」。のちに新しい従業員へ必ずレクチャーされるようになったこの倫理は、ダイモンが仕事の中で抱いてきた違和感と、おまえが最初にやって来たとき見せた、一つの可能性によって、切り開かれたものらしかった。

ファイヤードはそのときのことを語る。「そうしていくつかの案件を進めているとき、スタジオマンたちはある種の使命感を共有できていたように思う。地球の皺寄せを処理しているような使命感を。必要悪だと思っていた」と。清掃をしながらファイヤードは、みんなが諦めていった「無国子女」はこれのことだったんだっていう、妄想とも閃《ひらめ》きともつかないものを思った。

けれどそんなふうに倫理的な折り合いをつけられる案件は少なかったし、そしてどんどん減っていった。スタジオの仕事はそのあと、尋問よりも拷問の依頼ばかりが増えていった。「拷問が対象者へのショックそのものを目的にする一方で、尋問は対象者の痛みを目的にしない」難問を除けるようにいつも余りとしてしか語られなかった拷問について、ダイモンは倫理を持たなかった。それはただのやるべき仕事だった。

例えばクライアントBは、どういう訳か拷問の依頼をたくさんよこしてきたそうだ。誰かへの報復や脅しのために連れて来られるのは、その誰かの妻や婚約者ばかりだった。そしてなぜかその多くが、白人の女性だったらしい。意外にも「白人女性を損壊するのが一番つらかった」と従業員たちは口にした。拷問の様子はビデオに録画され、Bに納品される。「身体の損壊は撮り直しができない。撮影中は変に躊躇しないこと。良心を見抜かれたら、ああいうクライアントはそこに難癖をつけて、もっとつけいってくる」「あの世代の純ジャパは、気をつけたほうがいい。憎悪のエキスパートかもしれない。ピュアに洗脳されている可能性がある」。ダイモンはそう注意したけど、Bが具体的にどんな世代なのか、姿を見ていない従業員たちには知りようもない。

その時期に拷問された女性たちは、おまえがそれまで傷付けてきた相手のように、何か、い、い、い、い、い、い、と引き換えにそうされているかのような態度で、おまえの心理的な逃げ道を用意してくれない。おまえから与えられる痛みに、何か価値があるようなふりをしてくれない。

Bは依頼に慣れてくると、やがて拷問の方法をリクエストするようになった。遠い国で試されている、流行りの拷問をやってみたいって、動画や記事を送ってきた。「ダイモンさんの倫理と違うんじゃないか」とか、そんなことは最初から、誰も本気にしていなかったみたいに、スタジオごとBの案件ラッシュにのまれていった。

ただ個人的ななりゆきで、のらりくらり人を傷付けてきたおまえが、どこまでそのラッシュに耐えられただろうか。なぜならおまえは誰かに教育されてそうなった訳ではないから。おまえは憎悪のエキスパートではないから。おまえはパパが言うように怪物でもないから。血に洗われ、肉に揉まれて、骨に削られ、刃こぼれしていくおまえが、モモには見える。２０１８年末。当時十九歳。拷問の国に来てから五年近く経って、もう十分すぎるぐらい、期間と犠牲を費やしたはず。おまえが本当に変わったと信じるのなら、最後のチャンスはここだと思う。

バイト以外の時間を、おまえはどう使っていたのか。詳細の差こそあってもそれは、多くのリアリティ番組参加希望者と一緒だった。筋トレ。ランニング。脱毛。歯列矯正。鳥が飛んでいくシルエットのタトゥーが流行った。眉のアートメイクは、「眉」っていうもの本来のリアリティラインをぐいぐい揺るがすように濃いのが流行った。元の素材なんて、その頃にはもう誰も気にしていない。どれだけ金をかけたかのほうが重要だった。顔のエラをベースボール型に角ばらせるためのヒアルロン酸注射も受けたらしかった。わざわざ顔を大きくすることになるその施術は、日本であまり普及していなかったけど、とにかく「課金した感じ」は出る。そうした威圧感が、もはや他人を正当な意味で求愛しているのか、それとも別の部分を刺激しているのかは分からないけど、パワーが加わった顔に、私たち大衆は惹かれてしまう。何かの力によって、審美的に変形した顔。もしかしたら私たちは、力を通してしかお互いの美しさを認識しづらいフェーズに入っているのかもしれない。おまえはいずれ襲ってくる大勢からの関心に備《そな》えるように、ハイコストの傷を次々に蓄え、毎朝走った。デートピアのビーチでそうしていたように。空気がその顔面を圧迫する。抵抗がかかる。その力によってだけ、おまえは自分の速度を理解する。本当の才能は、もう使った。あとはどうやって生き延びるか。おまえはシフトチェンジを始めていた。

ファイヤードはそのときのことを語る。おまえは実行中のギブアップが増え、先輩の従業員がそれを助けた。「最後のほうの井矢汽水と、それをなるべく見過ごそうとするダイモンさんの様子は、一緒に居合わせているだけで不安だった。不思議だけど、実行係に覇気がないと、スタジオ自体が脆《もろ》くなっていくような気がした。もうここは駄目なんじゃないかって」。


「大事にしたらいい、おまえの弱さは、きっとどこにいっても重宝される」

ある夜ファイヤードは耳にする。ダイモンがおまえにそう声をかけていた。許しているのではなく、ゆっくりと戦力外通告が始まっていた。それにしても、ダイモンはおまえに優しすぎる。何で男って、若い男に甘いんだろうって思うけど、何となくその理由は浮かぶ。ファイヤードがスタジオに入った事実と照らし合わせても、ダイモンはおそらく、最初から自分が許せる男しか採用していない。快か不快か、最も自分本位な基準を満たしている男しか。自分のそばにいて苛立ちを覚えない、つまり雑に扱う余地のない、それによって反発が発生する可能性がそもそも低い相手を、部下に選んでいたのだと思う。

おまえだけキーフレームが投与されていなかったことを、ファイヤードが知ったのは、もっと後になってからだった。

　そして２０１９年の１月、おまえは六本木ヒルズで財布の窃盗をして逮捕される。「スタジオ」から逃げるための、あまりに計画性のない馬鹿げた犯行。それとも、すでにリアリティショーが始まっていた？　初めてちゃんと暴力として扱われたそれは、むしろ処分がきっぱりと決まっていた。事件の顚末《てんまつ》と、ピンク色の髪をした容疑者写真は「これから絶対ヒップホップで成り上がるやつ」って茶化されて、なぜかそれが少しだけ話題になった。話題が去っても、ＳＮＳにはフォロワーが残留して、仮釈放されたおまえは事実上、ちょっとした有名人になっていた。出身地が池袋っていうのも、佐世保や川崎と並んで、良い味がする地名っていうか、東京のシステムからあぶれたプチスラム出身の男の子が更生していくっていう、日本人の大好きな典型にハマっていたけど、実のところおまえの一番の悪さが原宿のど真ん中で行われていたことを人々は知らない。

　２０１９年２月。「スタジオ」でのおよそ二年間のことを、ファイヤードはやっと明かしてくれた。話を一方的に聞くだけで、夜をまるごとひとつ費やした。「井矢汽水がいなくなって、自分が次の実行係に推薦されはじめた。自分はもう耐えられないし、あの組織に納得もできないから、スタジオを抜ける。だからもし今後自分に何かがあったら、これを警察に持って行ってほしい」って、クライアントに納品するための拷問映像をモモに預けにやってきた。その中のいくつかを、ファイヤードはMacBookでモモに観せてくれた。拷問だけではなく尋問の様子も、資料として全て保管されていた。モモはおまえの最初の尋問を、ミュートボタンをオンにしたりオフにしたりを繰り返しながら、ときどき目を逸らして、ファイヤードと観ていった。恐ろしさが麻痺《まひ》してくると、なぜかは分からないけど、懐かしさに襲われた。パパのことを思い出した。「そのときにおまえが何考えてたかってことだよ」パパの言葉を思い出した。

　拷問のデータはSSDに移されていて、ポケットに入るほど小さくて軽かったけど、こんなものを自分の近くに置いておくなんてとてもできないってモモは断って、結局、データはいくつかに複製して貸倉庫に保管し、それぞれの鍵をモモとファイヤードでひとつずつ持っておくことにした。そして交換条件でファイヤードに「井矢汽水がスタジオ入りした経緯を調べて欲しい」って頼んだ。「彼はモモのいちばん古くからの友人で、どの年代のこの人のことも行方不明にしたくない」って。

　モモがおまえに執着しはじめた当初、それは確かに、執着のはずだった。けれどその頃には、もう考えが変わっていった。「例えばスポーツ中継やオーディション番組を観ていて、特定の誰かを追いかけることを執着と呼ぶ?」「事件の被疑者がネットで実名拡散されることを、執着と呼ぶ?」「凶悪犯罪者のWikipediaについ目を通して、気付くとその半生にやたら詳しくなってしまった何でもない夜のことを執着と呼ぶ?」「そんなの、人が物語に触れるごくオーソドックスな欲求なんじゃない？」って。モモの場合はそういう追跡《トラッキング》の対象が、すぐ近くにいただけだった。

同年6月。契約期間満了が近づく頃、ファイヤードは「暗黒人種」という言葉を耳にする。「黒人や有色人種ばっかりのテロ組織があるらしい」「そこの商売方法が、うちでやってることと競合してるかも」って、スタジオマンたちが噂していた。ファイヤードは知り合いを伝手《つて》に、暗黒人種についてなんとなく探りを入れていくうち、暗黒人種とやらのクライアントとして、Aと同一人物らしき男の話を聞く。「渋谷区の自宅で、爆弾テロに遭った男が、暗黒人種に依頼を頼んだ」って。つまり暗黒人種っていうのはたぶん、ダイモンのスタジオの、外部からの呼ばれ方だった。でも、スタジオに関わる黒人や有色人種とやらって、ダイモンとファイヤードと、あとは模造黒人の抜けきっていない頃のおまえを入れたとしても、たった三人ってことになるはずだった。元々の従業員、そして何よりAをはじめ依頼という形でスタジオに関わった人々は、純血《ピュア》な日本人がほとんどなはずだけど、おかしなことに、噂の中ではその大部分の存在が透明にミュートされてしまうようだった。あまりに単純なトリック。それは無関係な外国人がらみのゴシップやフェイクニュースと融合して、やがてネットの片隅でも「暗黒人種」の定義が明文化されていった。「『暗黒人種』とは、明確な拠点の明らかになっていない無国籍人種です。彼らは非常に獰猛《どうもう》で狡猾《こうかつ》。多くは黒人や中東系で構成されています。拠点は米軍基地の近くや、原宿。街でネックレスを売りつけて生計を立てていたりしますが、日本人の良心にずけずけと付け込んできます。頭蓋骨《ずがいこつ》の形や、犬歯《けんし》で見分けることもできると言われています。途上国マフィアとの癒着《ゆちゃく》もあり、テロ組織として日本を占領することが目的です」。

またひとつ、新しい人種が生まれた。もしかしたら、モモにとっても新しい称号。日本人とか黒人とか外人とか、あるいはインディゴ・チルドレンとかと同等の、根拠ガバガバな架空属性。

2020年。アリアナの黒人化が止まらない。昔からギリシャにルーツがあるって言ってたのを、やっぱり北アフリカのモロッコにルーツがあったかもって言いはじめたり、彼女は色々なことを企てて、文化盗用だって騒がれたりもしたけど、もう誰もそんなこと言わないし、モモは好きになったのが先だったこともあって、前からあんまり嫌な感じになれなかった。あらゆる芸術の中で最もキャンセルしづらいのは、青春時代に聴いた音楽かもしれない。それにアリアナって周到さがレベチだと思う。リスペクトなんてふわっとしたものじゃなくて、周到さ。2018年の『thank u, next』とか、2020年の『Positions』あたりの彼女の容姿は、黒人化が特に洗練されていた。生え際が浮き、明らかにウィッグと分かるストレートヘア。肌のタンニングはほどほどに抑え、その代わりアイメイクの明るさによって相対的に肌の暗さを示す。分厚い唇。そしてさらに、肉体だけじゃなくて写真の質感すらもが、黒人を倣《なら》った。フィルムカメラで撮ったような、フラッシュの強い、白飛び気味の肌。よく往年の黒人シンガーたちがどうにか自分を白人化させるために、あえて肌を白飛びさせたモノトーンの写真をＣＤジャケットに使っていたけど、アリアナはそれをなぞった。ただ黒人を真似るんじゃなくて、「白人になろうとしている黒人のありさま」を真似るなんて、そんなこと誰にも思いつかない。安直にドレッドとかに手をだす日本産のラッパーや、模造黒人時代のおまえとは、やっぱりレベルが違う。相手をまんま真似るんじゃなくて、相手が自分になろうとしている状態を真似ることを、モモはアリアナから学んだ。ブレイズを伸ばしていくことに挑戦したのもこの頃だったと思う。

２０２１年。〈コロナ禍になって良かったのは〉〈偉いお客さんたちが〉〈iPad覚えたこと笑〉。エンジニアの仕事をまた下っ端からコツコツと始めたファイヤードは、メッセージの中でそう笑っていた。モモは最初から、パソコンに向かっている彼しかピンと来なかったから、元に戻ったんだなと思った。昔よく、いつも持ち歩いてるパソコンを、大きな体で包むように抱え、細長い指先で素速く、でも人差し指ばかり使って、キーボードを連打していたのを思い出す。

２０２３年10月。イスラエルがパレスチナへの攻撃をそれまで以上に激化させていく。モモは全く違うきっかけで、ファイヤードのインスタを久しぶりに覗いた。そしてプロフィールの欄に、絵文字の日本国旗とパレスチナ国旗が、×《かける》の記号を挟んで並んでいるのを見つけた。その頃、映画とかの業界では「ある人物がマイノリティであることをネタバレに使ってはいけない」ってことが共通認識になりつつあるらしくて、その主張にまんまと感心した気でいたモモは、人知れず痛い目を見たのだった。「だってもし、仮にモモの見ている世界が作り物だったとしたら、ネタバレ化ってまさにモモがファイヤードにやってることじゃん」って。そしてもっといえば、それはネタバレ化ですらなかった。ずっと酷《ひど》い仕打ちだ。なぜなら、モモがファイヤードのルーツを知ったのはそれが初めてではないから。今になって開示された情報ではないのだ。一時期あれだけ親しい友人だったのに、父親の国について、教えて貰わなかったなんてありえない。モモは前にそれを聞いたうえで、忘れていた。

いつか、ファイヤードはお父さんが日本に来た経緯について、海か、それとも川か、どこかを「泳いで逃げてきた」って話してくれたことがあった。モモは話を聞いているうちに、自分の固定観念とファイヤードの話すことに辻褄《つじつま》がつけられなくなって「お父さんの、お父さんがってこと?」って聞いた。けれど違った。祖父ではなくファイヤードの父親が、ほんの二十年くらい前に「泳いで逃げてきた」。「映画みたいだよね」って、ファイヤードはモモの無知とショックを緩和した。そしてこのときの記憶から、いつのまにかモモの脳は、パレスチナっていう国の名前をごっそりと排除する。きっとモモはそうやって、今まで出会ってきた何人もの相手から人種を消してきた。何人もの相手に人種を与えてきたのと同じように。

今、SNSやニュースではパレスチナの人の被害情報がまばらに届いてくるけど、それらの情報とモモとの間に、ファイヤードはもういない。繋がりを持つためのきっかけはいくらでもあったはずだけど、モモはずっと棒に振っていたみたいだ。あれだけ親しかったファイヤードからも、モモは人種を取り除いていた。なぜならモモにとって彼は「無国子女」の仲間で、重要なのは国そのものではなく国が無いことだと考えていたから。「キッズ・フロム・ノーウェア」は、私たちがどの国から来たのかを無化する言葉である以前に、いま私たちが日本にいることを第一前提とする言葉だったから。

２０１６年の代々木公園で風船を配っているとき、モモは自分たち自身の肉体を「無国子女」っていう紐《ひも》によって、地面に括りつけていた。まるで風船の束みたいに。紐を解くと、モモをそこに結びつけるものは特に無かった。地面も、街も、ファイヤードも、パパや当時の恋人も小さくなって、日本を離れていく。飛んでるんじゃない。もうひとつの国へ、落ちていくだけ。血筋の情報に従って。情報でできたモモの脳内地球は、現実の地球とは違って、球体の内側に裏返っている。世界は球体に閉じ込められ、どれだけ上に浮遊しても、球体の外側に出ることはできない。雲を抜け、頭の向こうに広がる巨大な青色は、果てしなさすぎて凹凸がどっちか分からない。近づいていくにつれて、

青一面がざわざわと波打っていく。小さな島々が拡大していく。モモが引っ張られてい
くのは、フランス領になった後のポリネシアだった。空を進み、海に引っ張られて、浮
遊しながら降下する。

もちろん、これはあくまでモモのイメージの話だ。現実のモモはＪＡＬの飛行機をま
とっていた。２０２２年、エコノミークラスの座席で眠りから覚めたモモは、パペーテ
に向かっていた。ぼんやりした頭で、出発前にパパから届いたＬＩＮＥを読み返した。
〈人はある意味で、常に死に続けているのかもしれません〉という彼らしい大仰な書き
出しは、モモを気後れさせ、未読マークを残して閉じられたままだった。

〈人はある意味で、常に死に続けているのかもしれません。最近ようやくそれが分かっ
てきました。人は変化し続ける。成長の速い子供ならもっとそうだったはずです。

この前、棚の整理をしていたら写真がたくさん見つかりました。本当に人間っていう
のは、必ず変わっていくものですね（パパも残念なことに、だいぶ老けました…）。あ
なたがもし、今の自分を好きでも、全面的にそうではないとしても、今のモモはそこに
しかいません。だから是非、出来るだけたくさん写真を撮ってくださいね。そしてたま
には、パパにも送ってくれたら嬉しいです。〉

夏の太平洋は気候が荒くて、飛行機は嵐に巻き込まれた。機体は揺れ、ベルト着用サ
インが何度か点灯した。ようやく到着したパペーテの空港は、嘘みたいに晴れていた。

「私はモモ。日本人とのミックスで、東京出身です」という自己紹介を、何度もした。私がどこから来たのかを聞いてくる人はいても、私がなんでここに来たのかを聞いてくる人はいなかった。どうやらフランス領ポリネシアは、れっきとした私の国らしい。まあ確かに、日本にいるときから「国には帰ったりするの？」って死ぬほど聞かれたし、モモがここに来ることは、説明不要な必然なのかもしれなかった。誰にも理由なんて求められない。血統っていう情報には、どうしてこんなに説得力があるんだろう。

２０２４年９月末。おまえはデートピアに旅立った。ポリネシアにやって来たんじゃない。デートピアがたまたま、おまえをポリネシアに連れてきて、私は必然としてそこにいた。なぜかデートピアは、オリンピック開催後の国を拠点にすることが多く、そしてそれ以上に南の島を拠点にすることが多いから。

10月。「Date 5」と「Date 6」の間にあるいつかの日。挑戦者の男たちと〝ギャル・クルーズ〟のメンバーは合流した。砂浜には延々と風が吹き続けていた。おまえは白いTシャツに下は水着とサンダルで、私の前に立った。ゲームが開始してから正確に何日が経ってるのか知らないけど、そう長くないはずの期間中にも、おまえの肌はだいぶ太陽と潮風に晒されたようで、灼けて乾燥し、細かいシワが目立ちはじめていた。まるで老化が加速したみたいに。

「〝黒人の肌はたるまない。アジア人の肌はシワがない。〟」どこかで聞いたことのある俗説を、おまえは引用する。「モモはどっちも持ってるから、やっぱ最強なのか」ってしみじみ言い添えて。

もしかするとデートピアは他の場所よりも、時間が速く流れているのかもしれない。「じゃあ反対に、キースから見えている私は、相対的に時間が止まって見えてるだろうか？」とモモは思った。

◇

「素敵な再会を邪魔するようで悪いんだけど……」

なんとかディレクターの男が、申し訳なさそうに口を挟んだ。「デート番組にお友達同士が出てきちゃうと困るんだよね。前提としてこれってショーだからさ……」満員電車で左右から押されてるみたいなジェスチャーと目配せは、白人が「こいつらめんどくさそう」って思った相手と交渉するときに取る第一段階の態度そのもので、モモはもうこの男のことをあんまり嫌いになりたくないから、食い気味に返事をした。

「うん、勿論勿論、それが正しいと私も思ってた。私たちもちょっと顔見たかっただけだし、逆に一緒にいると気まずいかも」

それな、っておまえが日本語で相槌を挟んだ。「それに再会って言っても、普通にメッセージで連絡とってたし、昨日まで」おまえは微笑みながら、肩に手を乗せて、改めてモモとの関係が、面倒なものではないことを男に念押しした。

「すごい協力的で助かるよ。こっち側で場面《シーン》を用意するときは、君たちが一緒にならないようメンバーを組ませてもらうけど、オフのときの素材を使うこともありえるから、基本は別行動してくれると助かるな」男は満足したように、荷物を持ったままの私たちをヴィラへ案内した。陸の端から桟橋が延びて、一軒一軒に分岐していた。私たち到来者には、十人の挑戦者が泊まっているのとは規格の少し違う、一名用の小さなヴィラがひとつずつ与えられた。

　ここへ来て分かったのは、デートピアは何日かの出来事をコラージュして架空の一日を合成しているということだった。つまり「Date 5」と「Date 6」の間には何日間かのグラデーション期間があって、本編の編集では前後関係が微妙に入れ替えられたりもした。そうした痕跡は、「追跡《トラッキング》」版の膨大な素材と照らし合わせていけば視聴者にもバレることだけど、逆に言えば痕跡そのものを隠すほど徹底されてもいないし、そもそもリアリティショーに対して、そのぐらいの調整を批判する視聴者はさすがにいない。デートピア２０２４は「公式版すらもたくさんある編集《バージョン》のひとつにすぎない」というスタンスに割り切っていた。モモたちがデートピアに到着した日の午後からは、珍しくおまえのいるラグーンが「Date 6」のパーツとして採用された。それまで脇役そのものだったおまえが、優勝を摑むきっかけとなる場面だった。

ミスユニバースは、そのときのことを語る。『みんな大嫌い』『違うか』『みんなが私を嫌いなんだね』『もう誰にも会いたくない』『ビーチにも行きたくないし』『ラグーンでゆっくりしよう』『そう思ったら』『彼がいた』『Mr.東京』。

マルセルとミスユニバースの浮気現場であるラグーンに、男たちはますます寄り付かなくなっていた。けれどおまえはその午後、一人きりでラグーンに潜《もぐ》っていた。これは現場にいるとより顕著に感じたことだけど、おまえは他の男たちから、ちょっと浮いてしまっているようだった。ハブられてもいないけど、どの小さなグループにも積極的に誘われることはなく、自然と単独行動が多くなっていた。ヴィラから海に飛び降りて気ままに遠泳をしたり、誰もいないテニスコートで壁打ちをやったり、誰も来ないジムを貸切り気分で使ったり、いろんな一人時間をやり尽くしたおまえは、その数日、とうとうラグーンで宝探しごっこを始めていた。ラグーンは林の中にあるせいで、ビーチの方からはちょうど目隠しがされていた。

そこで、ミスユニバースと居合わせることになる。ミスユニバースは髪もボサボサのままやってきて自転車を乗り捨てると、Tシャツを脱いで水中に飛び込んだ。太陽に熱され、木陰に冷やされ、マーブル状に心地よく分離した水温。まるでプールみたいに発色のいいブルー。満ちているのは海水だ。セントヴェガス所有後に作られたラグーンは、ビーチから海水を引っ張っている。水のルートは陸地を割って、ネットのような仕切りで濾過《ろか》されながら、小さくてそんなにエグくない魚だけが辿り着けるよう設計されていた。地中の泥や珊瑚は削られ、不潔感を抑えるために白い砂で綺麗に埋め立てられた、模造ラグーン。フラミンゴ色のひらひらした小魚たちの向こうに、ミスユニバースはおまえの姿を見つける。逆立ちみたいな体勢で、両手を砂に突っ込んで撫で回していた。ざばっと飛沫《しぶき》を立てて浮上し、ミスユニバースに手を振るおまえは金色に光る宝物を握っていた。『見て見て!』『グッチの超ヴィンテージ』『こんなのがゴロゴロ落ちてる』。おまえはそれをミスユニバースに向かって投げた。彼女はキャッチし損ねて、錆びた金縁メガネは白い泥を帯びながらゆっくりと沈んでいった。

『あなたはいったい』『何しにデートピアに来たの?』

ほとりに並んで体を乾かしながら、ミスユニバースはおまえに聞いた。おまえはぽつぽつと語り始めた。『君が別に』『僕に夢中ではなさそうだから』『安心して言えるんだけど』『俺はアロマンティックだ』。カミングアウトはいつも唐突になりがちだけど、今回のケースは編集のせいもあった。「人に恋愛する感覚がいまいちピンとこない」っていうおまえの英語は、字幕だと『俺はアロマンティックだ』って端的に要約される。この辺は追跡《トラッキング》版を観ると微妙に事実と違っていて、おまえはこの時点で、アロマンティックという言葉を知らないようだった。

『でも性欲はあるから…』っておまえが言うと、

『知ってるわ』ってミスユニバースがにっこりと微笑んだ。

『そうそう』『知ってると思うけど』っておまえもその笑いに乗って、話を続けた。『だから今まで』『たくさん人を傷つけてきた』『交際したこともあるし』『途中まで上手く行くけど』『どこかのタイミングで』『こんな感じになる』そこまで言っておまえは腰を浮かせて、ちょっとミスユニバースに向けて座り直した。

『私のこと本当に好きなの？』っておまえは怒る元カノを簡易的に再現してから、『うーん』『好きだよ？』『みたいな』悩みごとをする表情で、おまえ自身を再現してみせた。

『クズ男』『冷酷』『愛が欠落してる』『やり捨て野郎――』『いろんな称号を貰ってきた』『けど結局』『相手の言ってるような』『必死さがピンと来ない』『自分を愛する感覚は分かる』『筋トレしたり』『いいご飯食べたり』『それって愛だろ？』

追跡《トラッキング》版を確認すると、ここでミスユニバースのほうから「それってアロマンティックってこと？」って質問が入るのだ。「何それ？」っておまえが尋ねると、ミスユニバースは「恋愛感情を持たないっていうか、そういうセクシャリティとしてちゃんとあるよ」って説明する。おまえは「聞いたことない」って答える。「あなた、先進国から来たんだよね?」ってミスユニバースが冗談っぽく言って、おまえは「やばいかな?」って聞く。まるで流行りのブランドか何かの話みたいに。その純粋な知らなさに、彼女は思わず「ノー」って目をぱちぱち瞬かせて首を振った。おまえは「自分はそういう専門用語にほんと詳しくないっていうか、そういうラベルで呼ばれることが有利なのか不利なのか、いまいちそういう世間的な流れに疎いところがあるんだ。だから逆に、自分を用語で括ったり、用語を知ってしまうこと自体にもハードルを感じるんだよね」って心許なさそうに説明した。本編ではそのあたりが省かれて、おまえは語り続ける。『デートって』『映画とか食事とか』『方法は色々だけど』『ゴールはだいたいひとつ』『交際すること』『目的があるんだ』『それがなかったら』『ただの遊びじゃん?』『裏切り者だよね』『俺はいつも』『デートから先に進めない』。

ミスユニバースが、そのときのことを語る。『それがMr.東京の』『本当のコンプレックスだった』って低音たっぷりの声で、朗読みたいに語ってみせた。「本当の」って付けてるのは、「Date 3」のプチ企画で、男たちがトラウマを語り合ったときのことと比較しているようだった。

「Date 3 デッキの上で考えていた」の昼、ヨガインストラクター風のポリネシア系女性が講師として登場したことがあった。女性は一通りのレッスンのあとで、「恋愛の秘訣《ひけつ》は心を開くことよ」みたいな教えを説いて、十人それぞれに弱点を打ち明けるよう促していった。コンプレックスでもトラウマでも、とにかく弱い一面を男たちがミスユニバースに告白していったけれど、内容は退屈だった。『小さい頃はオタクで』『自信がなかった』とか『子供の頃』『両親が離婚した』とか『本音が伝えられない』とか、申し訳ないけどすごくありがちにしか感じられないものばかりで、最後は揃って『今は自信をつけて克服した』といったまっすぐな結論付けをしていた。「そもそもコンプレックスとかトラウマって、こんなに一人に一個ずつ配られてるものだっけ?」って疑問を多く呼んだ謎のコーナーだった。ただMr.マドリードだけは、コンプレックスが『ない』ってきっぱり答えて、それは逆に目立っていた。カメラはMr.マドリードの口元を頻繁《ひんぱん》に映していて、それはおそらく、彼の唇から顎にかけて、ケロイド状の火傷が残っているからだった。本編では暗に、Mr.マドリードがただ強がるためにそのことへ触れないかのように映されていたけど、なぜMr.マドリードが火傷について話さなかったのかは、すぐに追跡《トラッキング》版から理由が発掘された。「本当にコンプレックスがないの?」ってMr.リオに聞かれたMr.マドリードは、「自分がメソメソしてたら、みんなこの火傷のせいだと思うだろ」って答えた。「傷モノは絶対に泣き言を言っちゃいけないんだ」。それがMr.マドリードのルールだった。「それに現代のように、いち個人の行動とバックグラウンドとを安易に結びつける社会で、トラウマを開示することはつまり、人格をジャッジする権限を明け渡すようなものだよ。他人にペラペラ教えるべきじゃない」とMr.マドリードは冷静に話して、視聴者たちの賛同を集めた。ただそれは、「彼の言うように、番組にフォーマットとして聞かれたコンプレックスより、オフのときの言動にこそ本物のコンプレックスがあるはず」っていう少し都合のいい勢力も生んで、またそれぞれの本音が発掘されていった。たとえば、Mr.シドニーは学生時代に幾つかのスポーツ経験があったけど「今までどんな競技でも一位になれなかった代わりに、なぜか一位の人間より様《サマ》になってしまう。だから本当の意味で頑張ったことがないのを後悔している」と漏らしたことがあった。「だから今、あがいてる姿を晒し者にしてもらえるのは、本当は最高にありがたいことなんだ」と彼は語っていて、「リアリティ番組の核《コア》が出た」ってその部分は彼のファンによって紹介された。十人の男たちによるコンプレックスのあれこれは、総じて「女性には強がってしまうけど、男同士ではちゃんと弱みをケアしあってるのが良い」という今っぽい連帯の図式で好まれた。おまえはというと、「Date 3」のトラウマ披露会で『父が早くに亡《い》くなった』ってことを挙げていた。結果としてその告白は、後にそれよりも本物のコンプレックスを明かすための、前振りとして扱われたようだった。

『寂しいとかは』『感じないの?』『恋人に』

ミスユニバースはおまえに質問を続ける。さっきよりも日射しが傾いて、ラグーンの砂は黄色く染まりつつあった。

『会いたいとは思う』『その感情を』『恋愛のフィルターに通すと』『寂しさになるのかなって』『考えたことがある』『付き合った子達は』『みんな一生懸命に』『俺に聞いてくれるんだ』『会いたい！』『いつ会えるの⁉って』。おまえはまた、元カノを再現した。『でも俺はこうなんだ』『いいね！』『そのうちまた』『会いたいね！』って、次の週末でも思い浮かべるような表情をしてみせた。『本当に分からないんだ』『死ぬ訳じゃない』『遠くにいても』『生きてはいる』『憎んでもない』『それで十分だ』。

『なるほどね』ミスユニバースは穏やかに、おまえの話に聞き入っていた。

『セックス依存だって』『罵《ののし》られたこともあるよ』『この世の中は』『恋愛を基盤に』『設計されすぎてる』『俺みたいなのは』『普通に楽しんでるだけで』『人を傷つけてしまう』。

魚が跳ねて、おまえはそこで言葉を止めた。

『ここに参加したのは』『克服のため？』ミスユニバースが聞く。

『むしろ逆かな』『うまく説明できるか』『分からないけど…』『自分にとって』『あたりまえの欲求が』『他人にとって』『暴力になるとしたら』どうする？、と促すように、おまえは眉毛をあげて彼女を見た。『欲求そのものを』『ガマンしようなんて』『自分を過信しすぎてる』『いつか自分本位に』『タガを外して』『誰かを傷付ける』『だから大切なのは』『欲望そのものが』『消滅するまで』『範囲を設定すること』『そう思う』。おまえは言葉を止めて、体を捻《ひね》った。そして指を使って砂に漢字で、域、と一文字だけ書いた。『この漢字の意味は』『ゲームのフィールドとか』『フットサルのコートとか』『ボクシングのリングみたいな』『そういう意味なんだけど』『俺はこれを』『探してる』『ここは自分にとって』『そういう域だ』『不謹慎かもしれないけど』『君や彼らが』『延々とデートして』『喧嘩したり』『全力で競ってるのが』『すごく落ち着くんだ』。

ミスユニバースは黙っていた。

『動物園の中に』『隔離されてるみたいで』とおまえは付け加える。

『ほんと失礼だね！』ってミスユニバースは驚いたように笑ってから、お互いを肘で押し合って、しばらくまた黙った。

「この話は何かの比喩だろうか」とモモは思う。というかモモにはそう聞こえる。恋愛感情がないことの珍しさと、おまえの暴力的な傾向とを、安易に結びつけたいんじゃない。ただ本編で、『俺はこれを』と話すとき、おまえの英語は、「俺は恋愛においてもこれを」と言っている。だからおそらくこれは、定義としての暴力にあたることを、自分が抱えるとき、どこでそれを消耗させるかについての比喩としてモモは受け取った。なるべく自分も相手も痛まないまま、どう野晒しにするかについての。

『番組が終わったら』『どうするの？』ミスユニバースは最後に聞いた。

『デートピアは終わらない』『世界の縮図だから』『またどこかで見つける』おまえは答

えた。『だから』『君のことも愛せない』『追放してくれていい』。『あなたは居なくならない』『私の友達として』『ビザを延長してあげるよ』『本当の恋人を見つけるまで』『脱落させない』。自分でも信じられないことを約束するみたいに、ミスユニバースは半信半疑の笑顔で何度か頷いた。

それからミスユニバースは、普段あまり持ち歩かないスマートフォンをバッグから出して触っていた。ホーム画面を撫でる最中、さっきまで開いていた音楽の再生履歴が一瞬だけ映ったけど、そこに並んでいる曲名はどれも〈Speed Up ver.〉と末尾に記されていた。再生速度を150パーセントから200パーセントにスピードアップされた、ヘリウムガスを吸ったようにピッチの上がった曲だけを、彼女は日常的に聴き続けているようだった。

島から帰ったミスユニバースは、そのことについてインスタライブで語った。「私にはたぶん、巨人願望があるんだと思う。これは何かの科学か力学の記事で読んだけど、小さい世界って、大きい世界に比べて時間が速く流れるんだって。重力が関係してるみたいだけど。だからスピードアップされた音楽って、ミニチュアの世界の人々の声を聴いているような気持ちになるんだよ。喜びも悲しみもあっけなくて、すごいスピードで過ぎ去って……私にとっての数分間が、ミニチュアの世界にとっての一生。そうして時間を支配しているような感覚が私にとっての原風景なんだよ」目をガン開きにして語るミスユニバースの姿に「やっぱり十人の男たちは犠牲者だったかもしれない」という意見がゆるやかに多数派を占めていった。

そんなミスユニバースとおまえが友情同盟を結んだのと、ほぼ同時刻。モモたち到来者の何人かは、アンナというメンバーの部屋で、マルセルを囲んでいた。何十分か前、アンナは指定されたヴィラの扉を開け、そこで彼と鉢合わせたのだった。カーテンの襞《ひだ》を揃えていた彼は、麻の白いシャツとパンツ姿で、片手にバインダーを持っていた。アンナはすぐにホテルのマネージャーか誰かだと見当が付いたけど、顔の至るところがガーゼで覆われていたので驚いたらしい。それがミスユニバースの浮気相手、使用人マルセルだった。「挑戦者たちからヒロインを奪った男がいるって」「どれぐらい格好良いか見に行こうよ」って別の子がモモのヴィラまで誘いに来て、私たちは興味本位でアンナのヴィラに集まった。マルセルはどうやら口も怪我しているらしく、滑舌《かつぜつ》もあまり良くないし、そのせいか声も落ち込んでいたけど、突然押しかけた私たちを前に、多少無理をして明るく振る舞ってくれてた。

「包帯だらけで顔分かんないね」って誰かが囁いた。

「これは、数日前に夜道で襲われたんだよ」ちゃんと聞こえていたみたいで、マルセルはあっさりと答えた。

「誰に？」私たちは口々に疑問を投げかけた。

「まだ分からない」

「姿を見なかった？」

「身長は一七〇から一八〇ぐらい。それしか分からない」

「警察は？」

「翌朝に現場検証とかはしたよ。でもそっからは特に何もない。番組スタッフにも、周辺の録画データを貰えないか頼んでみたけど、データの入ったＳＳＤはもう送ってしまったとか、そんな調子だよ。俺は立場的にも強く追及することができない。番組側からしても、データがきっかけで身内の犯行が発覚するかもしれない。それはなるべく避けたいだろうね」

「殴られたのは、報復なの？」

「っていうと？」

「白人男たちからヒロインを取ったって聞いたけど」羨《うらや》むような目つきでアンナが微笑んだ。

「だったら単純明快で良いけど。でも、デートピアの登場人物が襲ってきたとも限らないんだ。彼らはここにいる人間のごく一部に過ぎない。番組のために貸切りに近い環境を用意してはいるけど、無理にでもここに泊まりたい客はたくさんいる。金を倍以上払ってでも。あなたたちも到着したときに見たと思うけど、港の側は人が結構いたでしょ？　ここは全然、デートピアじゃない。部分的にはデートピアでもあるけど、同時に通常通りのリゾート施設でもあるんだ。夜にだけ帰ってくる酔っ払い客や、『これだけ毎年通ってるのに今年は対応が落ちた』ってごねる常連もたくさんいる。その中には、俺たちより若い客もたくさんいるよ。あとは番組スタッフが連れてくる現地の女や男、とにかくいろんな人が出入りしてる。だから、襲ってきたのがデートピアの挑戦者である可能性は低いと思う」

「それは、多くの人にとって安心する事実だろうね」とモモは答えた。

「本当にそうなんだよ！　デートピアの問題じゃなくて、もともとそこにある現地の問題なら、分けて考えられるからね」

　何を聞いてもパッと返ってくる彼の返事が、私たちをだんだんと引き寄せていた。マルセルは従業員というより、先に泊まっている客のように明《あ》け透《す》けで、むしろシステムの欺《ぎ》瞞《まん》を明かすことを爽快に感じているようでもあった。私たちはそれぞれにキッチンに腰掛け、床に膝をついて、体を前のめりにずらしていった。

「だからみんな、犯人探しはやめてね？　この話は秘密だ。十人の男たちには、殴られたことすら伝えてないんだ。派手に転んだって、理由を誤魔化してる」

　そういう経緯でマルセルは、騒ぎを大きくすることをやめた。今はメインの従業員からも外され、それ以外の業務を任されながら、有給をときどき使いつつ、会社の労災証明や、病院の診断書などを地道に集めている状況だった。使い道も目的も見えないまま、ひとまずそうしたほうが良いっていうアドバイスに従っているそうだ。そうした段取りについてアドバイスをくれたのは、ネットで見つけたある運動団体だった。それはポリネシアの「観光被害」全般に対する補償や、ガイドラインの制定を目指す独立法人。オリンピックの観客が残していったゴミとか、性産業従事者が巻き込まれたトラブルとか、マルセルのこととか、とにかく植民地になった島で日常的に起きている現地の問題に対して、それは立派な「観光被害」だっていう考え方を提案しながら、せめてもの対策を支援している団体だった。

「殴られて初めてわかったけど、自分がボコボコにされただけじゃ、まだ事件にはならないんだ。呆れるぐらい無風なんだよ。まあそうだよね。世の中の犯罪数は、世の中の事件数に比べて、ずっと多いだろ？」

「本当そうだね」って何人かが深く頷いた。

外で雲が動いた。日が顔を出す。床に嵌《は》め込まれたガラスから、海が光を反射してくる。何本もの四角い光が、部屋を柱のように貫きはじめた。他の部屋でもきっと同じように、柱が光っているのだろうと思った。

「そうやっていっぱいある犯罪の中で、じゃあどの犯罪が、社会的な関心が向けられるほどの事件になるのか。それは被害者が訴えて初めて、メディアがそれを事件として報道してくれるケースがほとんどみたいなんだ」

「そういうことを考えてるの？」モモが聞くと、

「考えてない。ここで生まれた人間はみんな、ある二択で葛藤するんだ。ひとつは、多少の負担を受け入れながら国の一部でいる道。もうひとつは、奪われもしないし、手に入れもしない状態に戻る道。つまり人権のない原住民に戻るか、フランス国民でいるか……」マルセルはそこまで言って、お終《しま》いの合図のようにバインダーを覗き込んだ。

「ところで、モモが誰か知ってる人はいる？」

「私だよ」

「キースが君に会いたいって」

「ああ」モモは曖昧《あいまい》に声を漏らした。

「番組のスタッフは嫌がるし、モモも遠慮するだろうから、人が集まらないタイミングで誘ってくれって」スマホを見ながら、マルセルは言った。

「そういうことか」モモは答えた。「じゃあ、これから行く？」

「ちょうどラグーンで休んでるらしい。ゴルフカートで乗せて行くよ」

私たち二人は部屋を出て、ヴィラの並んでいる桟橋を引き返した。足元を眺めながら歩くと、板の隙間から、ケミカルな青色の海水が見えた。ぱらぱらと、昔の映写機みたいに遅く、波が瞬いた。

「キースとは仲が良くて……彼は親切だね」とマルセルは言ってから、「って言われてもピンと来ないか、君たちは十代の頃から会ってないんだもんね」って自己完結した。

「他の挑戦者たちは、親切じゃないの？」って聞いたら、

「普通かな。良い態度も悪い態度も、金持ちがホテルの従業員にする一般的な態度の範囲内だよ」とマルセルは答えた。「番組では俺とミスユニバースのことで喧嘩になったらしいけど、普段はみんな穏やかだ。今日なんて、自分がこんな顔で歩いているもんだから、『マルセル、一体どうしたんだ？』って、すごく親切に声をかけてくれた。彼らは、集団になると少々厄介なだけで、一人一人は超まともな、うざいくらいに親切な男だよ」。桃色の唇が歪《いびつ》にニヤけ、真っ白な犬歯が光った。

「さっきの話で、別に議論ふっかけたい訳じゃないんだけどさ」

「何？」

「私だったら、犯人を罰したいって思うかも」モモは遠慮を忘れて聞いていた。

「罰してどうする？」不快に思う様子もなく、マルセルは気さくに聞き返してきた。

「されたことにもよるけど……奪われたものを取り返したいとか、同じ目に遭わせてやりたいとか？」

「自分も昨日、ちょうど同じこと考えてたんだけど。でもよく考えると、奪われたもの

で戻ってくるものって何もないよな。相手が死刑になっても、それは同じだよ。事件についてスッキリするのって、第三者だけじゃないか？　それを昨日寝る前に考えてたんだ。他人から何かを奪ったり壊したりしちゃいけないのは、罰が下るとかそういう加害者サイドの損得じゃなくて、ただ単に壊したものは取り返しがつかないからなんだろうね。壊したら、戻らないから、壊しちゃだめって……まあ、そういう理屈で動いてない人もたくさんいるのが、困ったところだけどね」

「さすが現在形の被害者だね。考えてることがより深い」モモは降参したように微笑んだ。

「褒めてくれてありがとう。だからこの事件を……事件未満を」マルセルは笑った。

「新聞で取り上げて貰ったって同じだっていう気がするんだ。奪われたものは戻ってこない。本当は何も戻ってこないのに、何かが取り返せるかのようなふりをして、誰か観戦客を喜ばせるのは、イマイチ気乗りしないんだ。だから犯人を探すことは、ほぼないかな。ところで、モモ。君は日本がルーツなの？」マルセルが聞いてきた。

「そう。父親が日本人で、母親がポリネシア系フランス人。あなたは……お父さんが少し白人？」

「そうなんだ！　黒人に間違われるけど、俺はポリネシア系と、少しフランス系の白人が混じってる。ミスユニバースでもそんなことに気付かないよ」マルセルは意地悪そうな顔をしてみせた。

　陸に停めてあるゴルフカートに乗ると、マルセルは小回りを利かせてくるっと方向転換をした。道はアスファルトで舗装されて、椰子の植物園みたいに整っていた。

「なんで、父親の側が白人だって分かった？」マルセルが運転しながら聞いてきた。

「二択の話。あれうちの父親もするから」ってモモは笑った。

「どういうことで？」

「うーん、私の体のこと？　十三歳の頃、親に内緒でトランスを先走って、少しだけ失敗をしたことがある。そのときにやっぱり二択の話されたなーって思い出してた。すごい悪い言い方すると『改造して失敗するか』『ありのままの少年でいるか』みたいな。私はでも、第三の道って絶対あると思って……キーフレームって知ってる？」

「折れ線グラフの点《ポイント》みたいなやつ？」

「たぶんそう。私はあれをよくイメージしてて、今がまあまあ幸せだとして、そこにキーフレームを打つでしょ。で、いろんな失敗が起きる前の自分にも、キーフレームを打つ。その二点――過去と今の最短距離のルートを想像するんだよ。そうすると、そうあるべきだった自分の人生っていうのが、ラインで見えてくるんだよね。失敗も妨害も、国のルールも生物学的な制約も何もなく、ただ自分が何も考えずにここまで成長したらどうだっただろうっていう、過程がイメージできる」

「試してみるためにも、まずは顔を治すよ」風にのまれないよう声を張って、マルセルが返事をした。

「うん、おすすめする」モモも声を張り上げながら、まるでデートピアのキャラみたいなことを口にしている自分に気が付いた。リゾート地の毒が体内に回りはじめたのかもしれない。ここには偽善が充満しすぎて、何を伝えようとしても甘いセリフしか出てこない。

ラグーンに到着すると、おまえとミスユニバースは宝探しに熱中しているところだった。陸に上がってきた二人は水着の隙間やポケットから、拾ったコインや貴金属の破片を引っ張り出して、砂の上に並べていった。

「結構拾ったな。でもまだ出てくるはずだよ」と言ってマルセルはモモを降ろして、ゴルフカートを停めに行ってしまった。ラグーンは意外に広く、おまえとミスユニバースは小さな淡い色の塊のように浮かんでいた。

「彼女はモモ。友達なんだ」おまえが声を張り上げる。

「こんにちはモモ」ミスユニバースは、少し顎を上げて挨拶した。

「あなたは、ミスユニバース」モモは確信を持って尋ねた。

「よく分かったね」彼女はまた顎を少し上げて、口をにっこりと裂いた。

「そんな感じがした」モモは答えた。

「一緒に入ろうよ」彼女に誘われて、モモは青いキャップを外した。ひとつに結んだブレイズが首を流れるように伝う。サンダルを脱いで、その上にデニムパンツを落としてひとまとめにした。縫い目の粗いノースリーブのトップスを外して、下に着けていた水着を整えると、腰のあたりにゴロゴロとした異物感があった。ビーズを束ねたようなストラップが付いたデザインなのを思い出した。耳から金の輪状のピアスを外し、指輪と一緒に服の山のてっぺんに置いた。

　モモはラグーンのほとりに立った。さっき再会したときはバタバタして意識しなかったけど、あらためてモモは、ずっと追跡《トラッキング》していたおまえの世界の一端として、場面に到着したことを感じた。別にそれを願っていた訳でもないけど、それはめまいのような、目が覚めるような、不思議な感覚だった。モモは水面に反射する自分の、色のついた影を鏡代わりにして、ブレイズの束を簡単にまとめていった。ゆっくりと体を水に浸す。柔らかさと、冷たさに包まれた。足。腿。腰。両腕。順番に、モモと、モモの影とは、ぴったりと貼り付いていった。「ひとつに重なった」とモモは思った。長い時間をかけておまえを上から追跡《トラッキング》していたモモと、偶然おまえと水平に再会したモモとが、ひとつに重なったように感じた。「それとも、もともとそれは二つに分かれていないんだっけ？」とモモは少しの間混乱し、混乱しながら、「それ」が何のことだったかを忘れていった。頭まで水に沈めると、血がのぼったような圧迫感に包まれた。「だって世界は、もう飲み込まれているんだから」モモはまた考えを浮かべる。はじめはアンダーグラウンドな世界を旅していたはずのおまえが、むしろ世界とつながっていたことについて。ほとんど重みのない気泡たちが、モモの体を追い越していった。

小さな球体は周囲の世界を映し、中心から何層にも景色を膨らませ、へりに追いやり、くるくると明滅する。陸のオレンジと海の青をめまぐるしく回転させ、泡たちが水面に昇っていく。

「モモはどうしてたの」水から顔を出すと、おまえはモモに聞いた。

「えーめっちゃ色々あったよ」モモは言葉を迷いながら答えた。あたりまえだった。おまえを中心にした編集《バージョン》は、モモが生きた時間の中のごく一部にすぎない。モモを中心とした時間のほうが、モモにとってはずっと長い。

ありきたりな会話のあと、おまえは様子を窺うように目を泳がせていた。細い目の奥で、黒目が弱々しく転がっていた。タイミングを窺っているみたいに。「ああ、そうか」とモモは思い至る。この人は、身構えてるんだ。子供の頃に自分たちの間で起きたことを、私がどれぐらい、無かったことにしているのか、あるいはあったことにしているのか、おまえはそれを探っているようだった。十年以上の時間が経って、自然にも、不自然にも、変化してきた今のモモに、自分がどんな角度から合流していいのかを迷っているようだった。揺れが止みそうで止まないボールのようなおまえの瞳を、モモは感じながら、おまえの中にもまた、モモの編集《バージョン》が存在するという事実をあらためて確信した。

　至近距離で瞳を見つめ、その揺れを拾っていると、かろうじておまえの中の連続性を感じられるような気もするけど、瞳なんて肉体のごく一部だった。おまえの体の大部分は、当時とはほぼ完全に別人で、まるでおまえとは全く関係のない、健康なアジア人の肉体がぷかぷか浮かんでいた。これじゃあまるで、Mr.東京。モモは思った。この男は、物語に埋没している。そこに隠れてモモから逃げているのですらなく、完全に物語に乗っ取られていた。どっかの金持ちが主催したドラマの、まるで部品のように。その肉体がどこかで生まれて、どこかで育った、そういう過去すらも想像が及ばないほどの、典型だった。たとえ今この男の胸を裂いて、頭蓋骨を割っても、そこにおまえは、モモが今もこうしておまえと呼び続け、たった一人物語からよび覚まそうとしているおまえは、もう追えないのだということがモモにはよく分かった。

　という訳で、その後ラグーンで起きたことに、たいしたドラマはない。モモとキースはお互いの視線の前で、二つの番組が混ざるように、お互いにとっての役を演じて、宝探しごっこに没頭した。本編では十数秒、その場面が使われた。モブガール扱いであるモモの顔は、到着時にサインした「肖像使用の拒否」に従って、追跡《トラッキング》版ではモザイク処理され、本編では雰囲気を壊さないために、ディープフェイクによって架空の顔に差し替えられた。影絵のような逆光ぎみの横顔は、丸い額、鼻、眼窩《がんか》にそって綺麗にシワの走った瞼と、小さなピアスの刺さった唇があった。そのどれもがモモの顔に似ていたし、いくつかはモモのパーツをもとに作られたのかもしれないけど、やっぱり少しずつ何かが違っていた。デジタルのお面みたいにデータを貼り付けたのとも違う、すごく丁寧な捏造が施されていた。精度からいってAIではなく、オンラインエディターが手作業で整えているのかもしれなかった。二十秒にも満たない時間、二つのカットの中で、彼女は長い腕を使ってラグーンの中を伸び伸びと泳いだ。Mr.東京との友人関係を感じさせるやり取りは、すべて削除された。自由だった。太陽に熱され、木陰に冷やされ、マーブル状に心地よく分離した水温……それは確かにモモが感じたはずだけど、誰がそこにいても、だいたい同じはずだった。それらは細部として、モモのいないときのラグーンを補完していく。

ただモモだけが知っていることがある。おまえは世界の部品じゃないということだ。モモはおまえの手に悪魔が住んでいたことを覚えているし、忘れない。それが次の瞬間に動き出すかもしれないことを恐れ続ける。2024年のモモは幸せだし、異物でも孤独でもない。満たされて、世界の一員でいる自分にも慣れてしまったけど、おまえを呼ぶときにだけ、ちょっとだけ力が籠《こも》るような、どこかからよび覚まされるような感じがするのは、おそらくそのせいだった。

ラグーンに、マルセルが戻ってくる。小型ダイソンに似ているような白い機器を腕に抱えていた。

「客がビーチに物を落とすと、すぐ砂に埋もれて行方不明になることがあるんだ。これは磁気で金属を引っ張り上げる機械。それが時計やスマホの場合、精密機器は高確率で異常を来すから、最後の手段だけどね。使い方はボタンを押すだけ。これでしばらく遊んでていいよ」って、二人のほうを見ながら、モモに装置を手渡した。

「水に入れるときは、なるべく体を離してスイッチを押すように」

モモは機械をおまえにバトンした。ミスユニバースは水死体みたいにうつ伏せで浮かんだまま、水の底で光っているものがないかをシュノーケルゴーグル越しに探していた。海水の透明度が異常に高いせいで、その体は底にくっきりと影を落として、空中に浮かんでいるようにさえみえた。そう感じられるのは、海の透明度のせいだけじゃない。底の砂浜が平らなことも関係している。本来なら浮いているものの影は、あんなにそのままの形には落ちない。珊瑚が繋っていれば。

おまえはマルセルから渡された機器の先端を砂に埋める。スイッチを入れ、宝が当たると、周囲の砂が沸騰したようにゆらゆらと揺れ始める。引き抜くと、砂の中から宝が釣れた。時計。鍵。何枚ものコイン。宝石の埋まった指輪。イヤリング。安い金具が錆びているおかげで、宝石や真珠や金はより輝いて見えた。陸に積み上げられた宝の山を、ふざけ半分に四等分に山分けしていった。砂のまとわりついた手で、マルセルはふいに金色の塊に触れ、鎖を引っ張り上げると、感心したように眺めた。

「こんなものまで落ちてたとは。現物を見れるとは思ってなかった」

それはネックレスだった。鎖には写真を入れられるロケットが付いていて、ハート型の二枚貝みたいなその片面に〈ＣＥＰ〉と刻印があった。

「ほら、デ、ー、ト、兵の置き土産だ」マルセルは感動でも呆れでもない半目の表情で首を横に振った。

「デート兵って何？」三人が声を合わせて聞いた。

マルセルは、そのときのことを語る。噂の発端は１９６３年。フランスが核実験のためポリネシアに設立した太平洋実験センター、略称ＣＥＰは「デート兵」と呼ばれる特殊部隊を用意していた。任務は、いずれ核実験の被害が表面化し、本国と植民地が分断するのを避けるための鎹《かすがい》を仕込んでおくこと。デート兵と呼ばれる白人の青年たちは、本国の子でも、植民地の子でもない、両方の子供を残すために、現地の女性をデートに誘い、妊娠させていった。場合によっては一時的に家族を作った兵士もいた。そうして加害者と被害者を強制的に引き分けにするための、仕組まれた子供たちが、島に多く生まれた。子供を産ませ、任期が過ぎると、彼らはみんな本土へ逃げていった。そのとき口約束と共に残されたとされるのが、マルセルが見つけたロケット付きのペンダントだった。政府は核実験にまつわる事実について、何十年も非公開と後出しを繰り返している。デート兵についてのこれらの話も、公式に認められたものではなく噂でしかない。けれど島の色々な家庭で、同じペンダント、同じ言い分を残して行方不明になった白人の父親が存在した。ペンダントに嵌《は》められた写真は、照合すると同じ写真のコピーであるケースもあった。

「そういう訳で自分の親ぐらいの世代は、白人とのミックスがすごく多いんだ。血の中の憎しみに、愛情を混ぜられてしまった子供。ところで、君たちはなんで自分がそんなに可愛いか分かってる？」マルセルはモモとキースに質問する。

「おれたちって可愛いの？」

「十分可愛いだろ。見た目のことだけじゃない。態度がまず可愛いすぎるんだよ。それは自分にもある傾向だけど、ミックスの子供って、必ず両方の気持ちの間で揺れ動きながら、結局どちらのことも崩壊させずに架け橋になることを期待されるだろ」

「思い当たらなくはないかも」おまえが苦笑いした。

「だから、可愛く振る舞うことがものすごく得意になってるよ。攻撃的な抵抗をするときですら、最後には自分たちがその相手を愛するしかないってどっかで諦めてるんじゃないかな。最後には死ぬことが分かってるみたいに」

「仮にそれが本当だとして」モモは口を挟んだ。「親の立場であるフランス人たちが、そんなに上手く仕組めるものかな。子供たちがやがて自分を許すってところまで」モモは首を傾げた。

「でも仕組まなくても、だいたい同じことにはなるよ。だってそれ、『兵』とか付いてなかったら普通によくある話だし」おまえが言った。

マルセルが、おまえの言葉を引き継ぐように語る。「例えば多くの植民地には軍の基地が置かれているけど、そこでは軍人と現地民の間で子供が生まれるよね。で、フランス海軍のポリネシア撤退を訴えることは簡単だけど、その結果として生まれた子供を前に、軍をはじめから設けなければ良かったと言える人は少ない。それは現実の人間に生まれなければ良かったって言ってるのと同じだからね。デート兵は、生きた子供を使って、『歴史上のこれ以前には逆行できない』っていう杭を打った。植民地ではいろんなものが兵器になるんだ。銃、核、選挙権、性欲、愛、子供……ほぼ全ての行動が、力関係の中で兵器になれる。おれたちの笑顔も、この世界を温存させ、時間の流れを固定していく。やばいよね」マルセルは頬を両手の指の先で優しく押してみせた。

「ごめんこの話って、私も参加していいの？」ミスユニバースが笑いながら口を挟んだ。

「もちろん」マルセルが嫌味もなく促した。

「じゃあ、私の私見ね。仕組まれてない命なんてないのかも。私の親はどちらも白人だからミックスとして扱われることはほとんどないけど、実際はそんなことない。父方の家系は今でも、違う国籍同士で白人たちの血を混ぜようと必死なんだよ。怖いでしょ？

白人と白人をかけて、傍目《はため》には完全に混ざりきってるホットケーキミックスをずーっと混ぜてるみたいに、血が完全に均一になるのを夢見てる血筋っていうか、そういう考え方が、ヨーロッパだと歴史的に残ってる」

ふー、呆れたようにおまえが掠れた口笛を吹いて、首を振った。

ビーチの方が騒がしくなってきて、「そろそろ撮影が再開するのかな」とおまえが報《しら》せた。私たちは盗賊みたいに、宝を握って撤収した。どっかの金持ちが、島に落としていった宝物を。やがて誰も手に取らなかったガラクタは、サンダルで平らに均《なら》され、踏みつけられ、砂をかけられた。宝物とともに引き上げられた白い泥の中には、人骨のような破片もあって、踏むとポキポキとした感触を残して崩れていった。おそらく珊瑚か、木の枝だった。ここには一つの死体も残されていない。上空では蠅《はえ》が羽を回転させるような高音が、うなりを上げてこっちに近づいてきた。飛んでくる音の正体に目を凝らそうと、四人は空を見上げた。椰子の木が震え、一基のドローンがおまえを追跡してきた。「Date 6」の撮影が正式に再開しようとしていた。後半戦が始まる。結果は、先に説明した通り。どの男も、負けても死なない。十一人とも島から帰って、やったことの意味だけが変動し続ける。私たち視聴者によって。

初出　「文藝」二〇二四年秋季号

安堂《あんどう》ホセ
1994年、東京都生まれ。2022年、『ジャクソンひとり』で第59回文藝賞を受賞しデビュー。同作は2023年に第168回芥川賞候補、また2024年にフランス語版となる「Juste Jackson」がマルキ・ド・サド賞の候補となった。2023年、2作目となる『迷彩色の男』を発表。同作は2024年に170回芥川賞候補となり、デビュー以来2作連続の芥川賞候補となる。

DTOPIA《デートピア》

2024年11月20日初版印刷
2024年11月30日初版発行

著者　安堂ホセ
装丁　川名潤
発行者　小野寺優
発行所　株式会社河出書房新社
〒162-8544　東京都新宿区東五軒町2-13
電話03-3404-1201（営業）03-3404-8611（編集）
https://www.kawade.co.jp/
組版　KAWADE DTP WORKS
印刷　三松堂株式会社
製本　小泉製本株式会社

Printed in Japan　ISBN978-4-309-03928-2

ジャクソンひとり

安堂ホセ

着ていたTシャツに隠されたコードから過激な動画が流出。
職場で嫌疑をかけられたジャクソンは３人の男に出会う。
痛快な知恵で生き抜く若者たちの鮮烈なる逆襲劇！
第59回文藝賞受賞、第168回芥川賞、
フランスのサド賞2024候補作

ISBN978-4-309-03084-5

迷彩色の男

安堂ホセ

被害者１人、瀕死。発見者20人、逃走。
ブラックボックス化した小さな事件、屈折した怒りの行き先とは？
快楽、恐怖、差別、暴力――
折り重なる感情と衝動が色鮮やかに疾走する
圧巻のクライム・スリラー
第170回芥川賞受賞、第45回野間文芸新人賞候補作

ISBN978-4-309-03141-5

幽玄F

佐藤究

空と、血と——
空を支配する重力・Gに取り憑かれ、
戦闘機F35-Bを操る航空宇宙自衛隊員・易永透。
天才パイロットが戦闘機Fと共に辿る、数奇な運命とは。
日本の戦後、そして世界の現在を問う、
直木賞受賞第一作にして超弩級の著者最高傑作

ISBN978-4-309-03138-5

腹を空かせた勇者ども
金原ひとみ

私ら人生で一番エネルギー要る時期なのに。
ハードモードな日常ちょっとえぐすぎん？
幼くタフで、浅はかだけど賢明な育ち盛りの少女たち。
陽キャ中学生レナレナが、「公然不倫」中の母と共に未来をひらく。
知恵と勇気の爽快青春長編

ISBN978-4-309-03106-4

ナチュラルボーンチキン

金原ひとみ

「一緒に普通じゃなくなりましょう」
ルーティンを愛する45歳事務職・浜野文乃と、
ホスクラ通いの20代パリピ編集者・平木直理。
同じ職場の真逆のタイプの女から、導かれて出会ったのは、
忘れかけていた本当の私——
慣れきった日常に光を与える、ミラクル・ストーリー

ISBN978-4-309-03916-9